沉寂居所

亞瑟‧本森半自傳日記

平衡生活的「光」與「影」，
以柔和為煩惱尋找出口

THE HOUSE OF QUIET

AN AUTOBIOGRAPHY

劍橋大學本森教授虛實參半的人生故事，
一場別出心裁的
生命展演即將揭幕！

從個體出發，慢慢延伸至群體範圍，透過簡樸的方式
表達出明確的觀點，將人生注定面臨的那些煩惱逐一擊潰！

亞瑟‧本森 —— 著

胡彧 —— 譯

U0034620

✦目錄

目錄

目錄

前言

　　今天早上，我一直在閱讀一本充滿感傷卻又獨具特色的書。這本書被擱置在一個古老的資料夾裡已經好多年了。它第二版的前言是一位著名作家寫的，他的大名在每一個說英文的地方幾乎都是家喻戶曉。這本書出版的時候，遭受了很多人野蠻且殘暴的攻擊。本書的作者也受到了很多充滿惡意且仇恨的評論所帶來的傷害。那些評論家都是一些心胸狹隘、充滿嫉妒心之人，他們想要憑藉這樣輕率魯莽的舉動對作者的創作進行肆無忌憚的抨擊。作者在書中表現出了一種哀傷的情感，在他極力想要展現出無憂無慮的快樂精神時，我們似乎能夠聽到他內心正在一點一滴地流著血，這是一個具有無所畏懼且純粹精神之人流下來的血液。他寫出來的每一句話都會迅速遭到別人的曲解，然後被人們當成惡魔那樣加以扭曲，這似乎代表著那些盲目追求感官刺激與憤世嫉俗之人所持的觀點。

　　在得到一些睿智且忠誠之人的建議之後，作者最後還是沒有寫任何前言，他似乎對別人給予的建議充滿感激之情。作者在本書裡想要傳遞出這樣一種情感，即每個人都

前言

應該努力去忠誠表達內心最深沉的情感，以坦率與真誠的
方式去做，絕不要逃避回答這些問題，不要為此而感到抱
歉或是做出任何解釋。如果某人的作品、詩歌集或是畫作
流傳下來的話，那便是最好的回答；如果這些東西無法流
傳下來，那麼每個人都會有自己的說法，都會有各自的想
法，都會盡最大的努力去啟迪別人，去做出自己的貢獻，
去努力地安慰別人。這就像發出了數百萬種聲音，但聲音
最後都隨風消逝了。思想就像彩虹發出的光芒，閃耀沒多
久之後，就會消逝在茫茫的雲層裡。

　　當然，本書同樣存在著屬於它的優點與缺點。要是本
書根本無法滿足其自身創作的要求，那麼我會第一個站出
來表達不滿的情緒。我沒有任何想要去指責那些批評家的
念頭，但我想要說清楚一點，即這本書可能無法說清楚我
想要創作的目的。本書是我內心想法的一個集合，而不是
人為添加的結果。從一開始，這本書就是為弱者傳遞積極
資訊，而非向強者發出挑戰。這是人生的一種理論，就像
那些性情隨和且內心高尚之人手上揮舞著棍棒。很多人的
人生目標就是要融入人群，吃喝玩樂，去戀愛，去結婚，
放聲歡笑，與人爭鬥。這是很好的脾性，這也是奧德修斯

（荷馬史詩《奧德賽》[01] 中的主角，曾指揮特洛伊戰爭，想出了木馬計，使希臘獲勝）那些水手們內心的想法：

「他們始終面帶微笑，嬉戲玩樂，

敞開懷抱面對雷雨與陽光，

有著自由的心靈，

有著寬闊的前額。」

這樣一種心靈想法，倘若說不是殘酷、專制、野蠻或是傲慢的話，那麼就是一種激動人心的思想。正如我之前所說的，倘若這樣的心靈想法與簡樸、無私以及隨和性情結合起來，那麼這就是世界上最為高尚的精神了 —— 這是古代那些偉大騎士才具備的騎士精神。但是，當人們在展現出這樣的心靈想法時，卻沒有展現出善意、優雅的騎士品格，那麼這就是一件醜陋邪惡的事情，讓人感到自私、充滿獸性。

我試圖在這本書裡提出的問題是：我希望能夠描述一種平和且溫柔的秩序，一種沒有散發出過分活力與生活樂

---

[01] 《奧德賽》（*Odyssey*）是古希臘最重要的兩部史詩之一（另一部是《伊里亞德》）。《奧德賽》延續了《伊里亞德》（*Iliad*）的故事情節，是盲詩人荷馬所作。這部史詩是西方文學的奠基之作，是除《伊里亞德》外現存最古老的西方文學作品。

前言

趣的秉性，又具有一種責任感，一種樂於助人的想法，同時還能勇敢地面對與承擔，不去逃避任何責任。我想要描述這樣的一種品格，但是擁有這樣品格的人，卻又似乎突然走入了陰影，被放置於一邊。他們因為各自的不幸或是錯誤，都被冷落在一邊，遲遲無法實現自己的抱負，人生陷入了一種停滯不前的狀態。當他們失去了人生的活力，進入了一種無能的狀態（這個詞語可以用來掩蓋世界上很多最讓人感到悲傷的悲劇）── 我就會想到這樣的人，雖然他們面對著種種的局限與束縛，但是他們依然能夠過上一種圓滿、內心滿足且有價值的生活。當我想到他們始終能夠感受到人生最深層次與最甜蜜的祝福時，感受到高尚愛意所帶來的希望，了解那種專制性的軟弱情感讓他們不得不處於人生的低位，無法掌控自己的命運，只能用死亡去交換生命，只能用黑暗的視角去看到愉悅的生活，這一切更令我對他們感到由衷的敬佩。

當這樣的事情發生時，誰不知道家的意義呢？無論對任何人來說，每當災難降臨的時候，承受痛苦的人所能做到最好的事情，就是收起殘存的碎片。這本《沉寂居所》就是寫給那些因上帝的旨意，不得不要面對人生碎片的人。他們可能會感到煩躁不安、內心沮喪，無法喚起足夠

的勇氣去從那些可怕的災難裡收集僅存的東西。

　　若是將小事與大事進行對比，在當代這樣一種缺乏浪漫主義寫作風格的時代，這就要嘗試按照《魯賓遜漂流記》[02]（*Robinson Crusoe*）所描述的場景去做。當一個人突然流落到一個荒蕪人煙的島嶼上，沒有任何人的同情及其可帶來的希望。在《魯賓遜漂流記》這本偉大的小說裡，我們可以看到一個內心懷著簡單信念的英雄所具有的耐心、勇氣以及創造力。但是，我那位可憐的英雄的心靈的確是遭遇了一番痛苦的掙扎，雖然他所面對的災難，並沒有加勒比海上那些綠色島嶼上的洞穴、洪水、野禽與野人那麼的可怕。

　　在《威廉・莫里斯的人生》一書裡，我們可以看到威廉・莫里斯所選擇的人生座右銘是「如果我依然」。無論任何人指責威廉・莫里斯缺乏什麼特質，都絕對不會說他缺乏真正的男子氣概。他在 51 歲時寫了一封充滿感傷而又有趣的信。當時，他違背了自己內心更好的判斷，成為了社會主義運動的領導人物。

　　「我的天性是安靜且勤奮的。」他在這封信裡這樣寫

---

[02]　《魯賓遜漂流記》是一本由丹尼爾・笛福 59 歲時所著的第一部小說，首次出版於 1719 年 4 月 25 日。這本小說被認為是第一本用英文以日記形式寫成的小說，享有英國第一部現實主義長篇小說的頭銜。

前言

道，「如果我過分關心『政治』，也就是陰謀的話，那麼我身為作家就可能無法帶來任何好處。你們會說，這一切都展現出我是一個軟弱的人：是的，但我必須要按照自己內心真實的意願去做，而不是昧著自己的良知去做。」

威廉‧莫里斯以勇敢且忠誠的信念進行了一番總結。對於很多相信理想信念的人來說，他們所能看清的事情要遠遠勝過他們所能去做的事情，因此他們願意表達出自己誠實的冷漠與坦率的自我認知。如果可能的話，我們每個人都會嘗試去修正自己的人生。但是，真正無法做到的事情是，我們無法看到從事物中看到真善美，卻想要別人對真善美產生強烈的情感。畢竟，上帝是最了解一切的人，因此他讓很多人遲遲無法實現他們的夢想，肯定是有其理由的 —— 雖然很多人都不是最勇敢的人，但他們卻表現出似乎更加了解一切的樣子。但是，不管我們是否可以透過言語或是行為展現出自身的弱點，這些都不是最重要的。真正重要的是，我們應該提前去追求一些東西，應該向別人指出這些東西。我們或者他人可能無法去實現這樣的目標，但是我們表現出我們絕不會向自身的缺點屈服，我們絕不允許自己在追求純粹希望的路上保持沉默，我們絕不會在錯誤的安全感中保持安逸，我們絕不能透過忽視

問題的存在去解決問題。我們將會懷著柔和的情感，始終
對上帝抱持著強烈信任，不論前方道路上的陰影是多麼黑
暗，無論遠處橫亙的高山是多麼的陰鬱，都無法阻擋我們
前往灑滿陽光的平原。

亞瑟・克里斯多福・本森
1907 年 4 月 12 日

前言

引言

在一本書出版幾年之後，對此書作者的身分仍是匿名的問題，我認為有必要做個簡短的解釋。這次，我之所以要將自己的名字放在封面上，原因其實很簡單。我認為想繼續維持一個已經早已經不是祕密的祕密，是件非常愚蠢的事情。這就好比當貓咪早已經從袋子裡逃出去了，我們卻仍然用手抓住袋口一樣毫無意義。也許，一些評論家會認為，我早已經策劃過要一開始不寫上自己的名字，正如《愛麗絲夢遊仙境》（*Alice in Wonderland*）[03] 裡的國王最後用勝利者的口吻宣布，科納福這個名字要在匿名的詩歌裡消失，可以證明他所犯下的罪過。也許，還有其他一些批評家（他們很可能是同一批人）會認為，現在才將我的名字寫在封面上，這是一種逃避的手段，或是想要實現更多目的的方式。事實上，某天，一位隨和的記者也對我就此談論了許多，他說一開始不寫自己的名字，之後再宣布自己的名字，這是一種很好的促銷辦法。

---

[03] 《愛麗絲夢遊仙境》是英國數學家查爾斯・路特維奇・道奇森以筆名路易斯・卡羅出版的兒童文學作品。故事的主角愛麗絲，從兔子洞掉進一個充滿擬人化動物的夢幻世界，遇到各種懂得說話的動物。

引言

　　我站在作者的觀點告訴他，增加書籍的銷量絕不是我的動機。如果一個人在出版一本書的時候加上個人的名字，那麼可以肯定的是很多人會出於各種動機買你的書籍，這樣的動機可能是源於對你感興趣或是源於對你的憐憫。但是，如果一個人以匿名的方式去出版一本書，那麼這樣做的後果可能是一本書也賣不出去。如果這樣，那就好比站在屋頂上說出所有人都不願意聽的話，沒有誰會對這本書的作者產生任何的興趣。

　　我個人的想法其實沒有那麼複雜。在這本書裡，我想要勾勒出這樣一幅人生的畫像，即當人們在面對各種沉重的責任以及限制時，依然能夠過上具有價值且幸福的生活。如果說我有什麼戲劇性或是敘述性的能力，那麼我可以就此創作出一本小說。但是，我沒有那種描述複雜或是交錯人物性格的能力，或是沒有能力在一張大網上描繪出各種不同的場景。我能夠描摹出一個背景，或是設計出一些較為典型的人物形象。因此，對我來說唯一可行的方法，就是將我想要描述的英雄都放在一個合適的背景下，然後描述一些人的個性。在此我不得不說，這些人物的個性可能完全是我想像出來的，讓讀者在閱讀的過程中可以進行對比。除此之外，我認為，如果一本書可以讓讀者體

會到現實感的話，那麼很多讀者可能會原諒作者在書中表現出來的沉悶、沉重感或是反思的情感，但這在小說作品裡則是很難被讀者所原諒的。

　　還有些讀者認為，要是作者在創作小說的時候，給讀者一種真實感的話，就是虛偽的做法。但在這個問題上，我陷入了兩難。因為我所生活的背景以及我對世界的了解都是有限的。如果我有足夠強大的創造力，在作品的創作上自然會有很多不同。但是，囿於自身經驗與想像力的局限，我只能在自身有限的經驗與見解狀態下進行創作——所以，這本書的主觀部分可能會給人一種真實感，因為這些主觀部分幾乎都是真實的。另一方面，這些主觀部分所具有的本性，能夠讓我在身分匿名的情況下擁有一個可以逃避的港灣。我從來沒有想過將我對世界的印象或是經驗強加給任何讀者，這些經驗與印象都僅僅是屬於我個人的，但我完全可以像其他所有的藝術家那樣，去創作出在我看來是充滿美感、與眾不同或是讓人留下深刻印象的作品。如果我選擇將這些作品放在一個公共地方，認為這可能會吸引到一些讀者的欣賞，那麼不將自己的名字放在作品上，也應該算不上不誠實的做法。

　　但是，一些人遲早會發現是誰將這幅畫掛在那裡的。

引言

他們可能會發現某人在天濛濛亮的時候，悄悄拿著錘子將這幅畫釘起來。當這幅畫的創作者被人們發現之後，雖然我內心是不希望這麼快就被別人發現的。畢竟，這幅畫的作者是誰，根本不是件重要的事情，我也從來不認為這是件重要的事情。可以說，這也是我唯一對那些批判家們感到不滿的地方 —— 他們始終認為，任何透過文字或是繪畫進行交流的方式，都應該必然展現出創作者內心最為深沉的思想、希望或是原則。當然，這樣的情況是經常存在的，就像一陣響雷之後，通常都會有大雨落在滿是灰塵的街道上 —— 但是，這更多只是一個內心想法的問題。我們每個人都會有愉悅的幻想、浪漫的觀點、快樂的陪伴、充滿歡笑的旅程以及充滿活力的視野 —— 這些都是組成人生很多事情中的一部分。當這些事情發生後，人們用文字將這些事情記錄下來，正如一名藝術家在素描簿上描摹出來。每個人都有權利去展現出自己的素描簿。我從來不會認為自己創作出來的作品，就是高尚的藝術或是傑出的文學作品。我只能說，當我看到其他人的素描簿時，我會產生發自內心的快樂，然後猜想創作出這些作品的人有著什麼樣的個性與品格。即便這些素描作品本身不是「非常讓人信服」，我也認為別人可能也會有興趣想要看看我的

素描作品。但是，這絕對不是一種神聖、莊重或是難以形容的事情。也不應該以傲慢或是認真的態度去看待，而應該像一個人坐在一個舒適的房間，靠著溫暖的壁爐，然後對一位朋友娓娓道來自己的故事一樣。我沒有演說家與領袖的氣質，沒有煽動很多人的能力，但是假裝自己在這本書裡沒有認識很多喜歡安靜的朋友或是不喜歡那些無形的事物，這就是沒有禮貌且矯揉造作的做法了。因此，當讀者喜歡這本書的時候，他們就會明白我選擇匿名的理由，也會知道為什麼我現在願意將自己的名字放在書的封面上。他們會知道這樣的聲明不是以一種莊重或是充滿尊嚴的方式去做的，不是站在布道演講臺或是講臺上發表的，不是像聖彼得站在那個壁柱的陽臺上發表的。這只是我在9月一個涼爽的早上，坐在一張舒適的椅子上，做出的一個簡短個人聲明而已。就在此時，裝滿著一捆捆豆子的紅色農用拖車發出嘎吱的聲響，緩緩地從我這間鄉村小屋的窗戶邊經過，陽光正照射在帶有條紋的窗欞上，外面是一片到處都被殘株的休耕地。夏日的炎熱與萬物成長的時機終於過去了，而我可以在這樣清涼安靜的環境下好好地休息，這是多麼令人高興啊！當陽光透過秋日的霧氣，結霜的天空上出現星星的時候，我彷彿能夠聽到整個宇宙發出

引言

躁動且充滿活力的聲音,讓我的思想再次回歸到這個世界
上,並為此感到無比高興。

亞瑟‧克里斯多福‧本森

初版前言

　　本書作者是我的一位遠方表親，某種程度上來說也算的上是我的朋友。我與他見過幾次面，他也曾不止一次前往我家拜訪我。我知道他因為健康原因，過著安靜的隱居生活，但他絕不是一個因此而喪失鬥志、隨波逐流的人。雖然他沒有多少親密的朋友，但他對書籍、藝術以及人類都有著濃厚的興趣。他在 1900 年的秋天去世了，他的母親，也是他唯一的親人也在第二年去世了。因此，他的所有遺產都由我來接管，其中就包括他的手稿。我在這些手稿裡發現了這本書，這本書已經完全寫好了，正在等待出版。顯然，他是沒有機會看到這本書出版的那一天了。我將這本書寄給了一位在文學出版領域有著豐富經驗的人，他認為這本書會激起讀者強烈的閱讀興趣，因為書中表達了一種明確而又特別的觀點，並且呈現出了某些吸引人的特徵。因此，我著手準備出版這本書，加入了他在人生最後時期的一些日記，並且按照這些日記所寫的日期進行排列。

初版前言

　　不用說，這本書裡的很多人名都是虛構的。我認為，
任何讀者都沒有必要嘗試去對號入座，因為一本書最大的
價值在於其中包含的思想，不是在於作者是誰，而是在於
作者在書中所要表達的人生觀點。

楔子

　　最近，我幾乎都待在室內，沒有怎麼外出。我一直在閱讀著過去的文章與自己的日記自娛自樂。在我看來，雖然這些文字都是記錄著一些平淡無奇的事情，卻也有一些連貫性——我不會將這樣的連貫性稱為一個有意識的明確目標，或是將之上升到哲學理論的高度。但是，我最近的生活都懷著一個目標，慢慢地制定出一個計畫，從而讓自己的生活變得更加連貫。

　　我之前一直有要寫本書的想法，這可以說是我很久以來最大的目標了。我認為自己並不具備那些偉大作家的寫作天賦，我也沒有對於龐大複雜的情節有著本能的想法。在我寫作的時候，我往往會迷失在文章的一些細節裡，最後常常是懷著絕望的心情放棄了自己的目標。我從來沒有足夠的能力去進行最為基本的腦力勞動。羅塞蒂曾說，正是一種對基本事務的看法，才造成了優秀藝術作品與糟糕作品之間的區別。年輕的時候，我寫作的方法就是不斷堆砌辭藻，認為任何進入我腦海裡的想法，都是與手頭上要創作的主題相關的。現在，我已經不再年輕了，我已經明

楔子

白了創作的形式與概念並不能代表一切，卻也幾乎代表著一切。以一種簡樸的方式去表達出一種明確的觀點，這要比堆砌文學辭藻更加重要。

現在，對我來說，再也不會有著刻意要去創作一本書的衝動了 —— 有人說，每個人都有能力去創作一本屬於自己的書。我就像法國國王那樣，只是透過簡單地拆除了一堵隔離牆，就「發現」謎一樣的宮殿裡原來還藏著一個畫廊。但是，我從自己的日常生活中節選一些片段，也從日記裡節選出部分內容，加入一些段落，最後成型的結果就是關於我人生的故事。也許，我是以馬虎敷衍的方式去進行闡述的，但至少還保持著一種連貫性。

我不敢保證這本書是否能夠出版，也許這本書永遠都無法面世。我從來不認為自己有足夠的勇氣去出版這本書，我也不知道任何人會在我去世之後，勞心費力地編輯這本書。但不管怎麼說，這都是關於我簡單人生的一個故事。也許，這會被人當成廢紙燒了，最後變成了火爐裡的灰燼，最後融入了泥潭。也許，這會被一些人放在某個沾滿灰塵的書架上，讓後世某個懷著好奇心的人翻起來，了解一下我當時所處的環境，就好像我的祖父留下來的日記現在仍然擺放在我的書架上。但是，如果這本書真的能

夠出版，我希望能夠激發一些人的閱讀興趣，正如一把小提琴在輕微顫動之後，還是能夠發出花瓶所無法發出來的聲音。我在書中講述了自己的悲傷、恥辱與灰暗的精神陰影，有時當我認真凝視這些情感的時候，彷彿能夠窺探到地獄發出來的微光。但是，我仍然會有一些充滿快樂的安靜樂趣，享受到了一些永恆的神迷。正如一個朝聖者會向那些經常在家鄉守著的人，講述一些他旅行的趣事，我也認為自己有權利去講述一些故事，說說我在這個世界上所感受到的善與惡，說說自己對內心平和的一些想法。這些都是可以找尋、擁有且享受的。

楔子

第一章

1897 年 12 月 7 日

　　今晚，我呆呆地坐在一把扶手椅上，這是一個低矮的飾板房間，既是我的臥室，又是我的書房。我就這樣慢慢地等待著這一年悄然的逝去：房子的窗戶上懸掛著褪色的織錦窗簾，我的面前還有一個開放的瓷磚壁爐，壁爐旁邊擺放著一些木柴，其中一些木材都燒了一半。木材發出的火光忽暗忽明，似乎馬上就要熄滅了一樣。牆壁與

第一章

洞穴狀的壁爐地面鑲貼著荷蘭式瓷磚 —— 像一艘加利恩大帆船正在起伏的大海上航行。一隻健壯光滑的小鳥正在天空怡然自得地飛翔著。在壁爐地面的後方，瞧進去還能看到隱約閃爍的黯淡火光，這是一塊大鐵板，鐵板上描繪著一個乘坐戰車的國王。這位國王穿著一件龐大的外套，正在穿過拱形門，結果經過一條下面是洶湧河水的小橋，此時他用手牽住了兩匹駿馬。在較高的壁爐調節板上，是一排代爾夫金屬板。整個房間的裝飾沒有什麼美感或是對稱性可言，房間裡的家具擺放隨意：這一張織錦沙發，那一個橡木書櫃，書櫃上雜七雜八地堆著些書。這又一個印表機，那則掛著一兩張照片 —— 其中一張照片上的一位主教帶著花椰菜似的假髮，另一幅畫則是別人用蠟筆畫的一個學者模樣的人。總之，整個房間在裝飾上可謂凌亂不堪 —— 用「大雜燴」來形容也不為過。房子盡頭的拱形橡木櫃下面，擺放著一張床，還有一張黑色的皮革屏風將床與書房隔離開來了。房子外面則是一片極為安靜的地方。在整個城鎮上的人們都入睡之後，這樣的安靜彷彿瀰漫著整個大地。此時的安靜會突然被一些難以察覺到的聲音所打破，但是，鄉村地區深沉的安靜還是很快就能恢復如常的。這裡的林子顯得異常的安靜。若是認真聆聽的話，我

可以聽到露天人工水渠發出來的潺潺流水聲，但是這樣的流水聲更加容易讓人陷入深沉的夢境裡。整個鄉村似乎都進入了朦朧的夢鄉，這與死神帶來的那種讓人心痛且刺骨的寂靜形成了鮮明的對比。

第一章

第二章

　　我先稍微簡短地談談我的父母以及我的身世吧。我是父親唯一的兒子，父親在政府行政部門裡擔任高級管理職務。他從來沒有將人生的順利歸功於自己的家庭背景，因為我們家族一直以來都算不上是顯赫的。毫無疑問，幾乎所有的家族都有著一樣古老的歷史，但我的意思是，我們家在過去幾代人裡，一直過著貧苦與簡樸的生活，保持著隱居生活的狀態。我的祖先大多數都是牧師、醫生或是律

師 —— 在這些祖先裡，從來沒有一個人成為地主或是累積過很多財富，但是我們也還是有一些肖像畫、縮圖或是盤子之類的東西 —— 雖然數量不多，但足以讓我了解到在過去一兩個世紀裡，我們的家族成員都是接受過高等教育，有去接觸那些高等藝術，培養對藝術生活追求的條件的。這從來都不是一種單純骯髒的抗爭，也無法讓我們免於日常生活所帶來的焦慮感，但是我們的家族卻始終保存著追求某些優雅、自律與仁慈的特點。

我的父親改變了這樣的局面。他的工作讓他能夠接觸到那些有身分有地位的人，他的天性就很適合與那些高層次人物打交道。他有著讓人難以抵抗的親和力，同時保留著宮廷貴族的氣息。父親很晚才結婚，妻子是英國一個沒落貴族貧窮後代的女兒。我則是他們婚姻之後唯一的孩子。

對我來說，倫敦的生活是非常黯淡模糊的。我只能模糊地記得，有人將我帶到一個天鵝絨裝飾的房間裡，讓我向一些重要的客人鞠躬致意。我還記得聽到保母們談論著關於晚宴話題的嘈雜聲與喧嘩聲。在我模糊的記憶裡，我還記得當大門被打開與關閉的時候，總會有一陣陣美妙的音樂聲飄進我的房間，讓我從熟睡中醒來。對我來說，那

個時候應該是睡得最香的時候了。但是，我的父親不希望我變成一個早熟的頑童，不希望我成為那些前來拜訪客人眼中的玩物。大部分時間裡我都是與母親在一起的 —— 當時，我的母親似乎也是一個孩子。而我那位忠實的保母，則是一位來自約克郡地區頭腦簡單的女人，她之前也是我母親的保母。

在我大約 6 歲的時候，我的父親突然去世了。我人生中第一次最為沉重的打擊，就是看到父親那張英俊柔軟的臉龐躺在棺材裡，我還看到了很多人用呆滯的目光看著父親。父親那雙蒼白的手交叉放在胸口處。這一天，我還看到了父親穿著褶飾邊的壽衣覆蓋著他的脖子與手腕。這一切給我的童年留下了難以磨滅的陰影。

我們的活動軌跡其實非常簡單。那個夏天，因為父親累積了一些財富，他與母親決定在鄉村地區買棟房子，好讓他們在休閒的時候前去那裡休養。我的母親也從來不喜歡倫敦的生活。於是，他們在鄉村的中心位置購買了棟他們都感到滿意的房子。在我父親去世前的一兩個星期，他們一直是長租房子。之後，我們的家具就立即搬到這裡了。從那之後，這裡就成為了我的家。

第二章

第三章

　　我住的地方，是一片山脊連著山谷的地方，就像一塊被一個巨大犁耙犁過的土地。一般來說，大陸都是沿著高地的後方延伸下去的，這裡的村莊則聳立在常年多風的高地上。鐵路線沿著山谷邊穿行。因為鐵路線的貫通，在山谷裡漸漸形成了一個全新的村落，但過去的那些舊木屋以及一些玄武石砌成的教堂 —— 教堂有著用木瓦做成的小型尖頂 —— 孤獨地聳立在純淨的天空下。古代的莊園與

第三章

　　農場一般都是建立在更加隱蔽的山谷裡，可以透過一片具
有美感的曲折巷子前往那裡。這裡的土壤是多沙的，路邊
到處堆放著鬆軟的石頭，這讓許多低矮的懸崖與斷壁在歲
月的侵蝕下變成了黃色，有時甚至出現了分層的情況，
看上去就像一座岩石做成的宮殿或是坍塌的扶壁形成的廢
墟。在這些深坑下面，生長出一些榛子樹等樹木。夏天的
時候，整個地方就會生長著茂密的匍匐與攀爬的植物。在
這些植被的外面，是一片倒塌的岩石表面。通向山谷的道
路非常陡峭，一路上雜樹叢生。山谷的底部，是一條潺潺
流淌的小溪，小溪之上垂掛著小瀑布，瀑布上面還有一些
卵石花紋的牆面板。這些水流都是沿著砂岩的空隙流下來
的，或是隱藏在茂密的榛子樹林裡。順流而下的溪水泛著
純淨的灰綠色。一些白堊石點綴在附近的山脊裡，因此在
下雨天的時候，道路上低窪的蹄印就會像牛奶那樣滲出
來。站在高地上，我們能看到極為美麗的景象，連綿不絕
的山脊一個連著一個，沿著柔和的輪廓線不斷地延伸，山
脊上零星點綴著稀少的灌木。極目遠望，石楠叢生的山路
兩旁長滿了黑松，襯托著孤零零的一叢叢花朵獨自要也開
放。而山谷下的景象則要美麗得多。陡峭的山林沿著小
溪，亦或是沿著傾斜的休耕地形成的粗線條上盤桓而行。

夏天來的時候，小溪旁長滿了茂盛的水草植物，高高的柳草，繡線菊與聚合草千絲萬縷的纏繞在一起。這裡每家每戶的房子都有著獨特的美感，每棟房子上有著磚砌的高高的煙囪，頂層鑲嵌著各色美麗的瓷磚，屋頂則是用平瓦的砂岩做成的。整個地方因為橙色與灰色的青苔覆蓋著，而顯得格外的美麗。整片的房屋宛如從這片土壤裡生長出來的一樣，和諧自然。

第三章

第四章

　　我 的 家 —— 有 著 一 個 十 分 靜 謐 的 名 字 —— 金
端 —— 這 是 一 座 古 老 的 莊 園 。 在 房 子 外 面 一 條 多 沙 的 小
路 上 ， 可 以 直 接 看 到 蘇 格 蘭 杉 樹 。 經 過 這 座 房 子 ， 你 會 看
到 一 條 蜿 蜒 斜 上 遠 方 的 路 。 這 座 房 子 本 身 就 是 一 種 混 合 著
無 限 趣 味 的 產 物 。 房 子 的 一 部 分 建 築 是 伊 莉 莎 白 時 代 的 建
築 ， 這 些 建 築 上 裝 飾 著 用 灰 色 的 石 頭 砌 成 的 豎 框 。 房 子 的
一 側 則 是 用 護 牆 瓦 做 成 的 ， 襯 托 著 簡 單 的 輪 廓 。 房 子 的 前

門帶有喬治國王時代的建築風格，上面開著很多個較大的窗戶。在房子的上方，是一個用瓷磚做成的瓦圓頂，那裡擺放著一個警鐘。在房子的前方有一個面積很小的方形院子，附近則有許多低矮的牆壁圍繞著。在房子的前面，曾經是一片草地保齡球場，那裡還有一條階梯狀的小路。果菜園距離窗戶都很近，菜園的一邊生長著一棵龐大的紫杉樹，就像一座綠色的堡壘守護著。在菜園的另一邊，則是一堵古老的石牆，石牆上還有用瓦平鋪的屋頂。在房子下方則是一座古色古香的農場建築，分別有馬車房、穀倉以及馬廄等。在這些建築的前方，就是一個水池，附近種植著很多白蠟木，那裡還有一個果園。在這兩者中間，就是一個磚製的鴿舍，鴿舍也是用砂岩砌成的。草地一直從房子慢慢沿著小溪那邊傾斜下去，但是我們所擁有的幾畝地都是一些普通的林地，很多雜七雜八的樹木都在那裡茂密地生長著，偶爾也能看到只有在森林裡才能看到的高大樹木。我最喜歡的景象，就是在一個冬天晚上，看見自家的房子就像一個不規則的黑色房子一樣，上面有著圓屋頂與龐大的煙囪，背景則是一片蔚藍色的天空。天空上只有一顆星星，似乎因為寒冷的天氣在瑟瑟發抖。此時的松樹則顯得比任何時候要更加烏黑了。在松樹下面則是一片帶有

神祕色彩的林地。當霧氣從小溪上升騰起來的時候，就會看到每個高地上都會變得柔和，讓人彷彿置身於一個超脫了地平線之外的夢幻之地。

在這間黑暗低矮的房子裡，中央的位置是鑲框式大廳，四周則是用圓圓的橡木做成的拱形，分別通向前廳、客廳與飯廳。房子裡有著寬闊的走廊，可以讓人沿著中間的建築物步行來到側廳。樓梯是用最為堅實的橡木做成的。除了閣樓之外，每個房間都裝飾著牆板。因此，我們能夠看到很多條橫梁穿過古老的灰泥天花板。在房子的頂端，是一個很長的房間，能夠從房子的一端走到另一端，那裡還有一個開放的壁爐。廚房也很寬闊，中央的位置用橡木做成支柱。廚房裡還有不少用橡木做成的家具、餐具櫃、衣櫃等物品，每個物品上都刻著大寫字母或是日期。不過，我的父親是一位非常喜歡收集書籍、瓷器與圖畫的人。當他匆忙地從倫敦的家裡將家具搬到這裡的時候，就沒有怎麼進行擺設過。在他去世之後，就更沒有人願意勞心去整理這些東西。關於這座房子，還有一個特點是必須要提及的。在房子的頂端，有一扇用橡木做成的大門，我可以沿著樓梯走上去，一直通到樓頂的矮護牆。但在樓梯下面則是一個很小的祈禱室，祈禱室裡擺放著一個祭臺與

第四章

　　幾個座位。每個早上，家人都會聚集在這裡進行一番祈
禱，然後歌唱著毫無藝術感可言的頌歌。

第五章

　　關於我的母親，在接下來的文字裡，你們肯定會覺得她是一個具有神性的人——我應該怎樣去描述她呢？要是從兒子的角度來看，她有著異乎常人的安靜與優雅的風采。她的行動十分緩慢，展現出一種毫無自我意識風範的尊嚴。她是一個天生沉默的人，始終相信自己是一個沒有什麼智慧能力的人。當然，從某種層面上來說，她的確是如此，因為她很少閱讀，也對與別人進行討論沒有什麼興

趣。與此同時，她在現實生活中卻又展現出了超乎常人的
精明與洞察力。我會毫不猶豫地相信她的判斷力。母親
是一位感情豐富的人，有著我認為最仁慈的心靈。與此同
時，她也經常會對別人有著反覆無常的偏見。當我對母親
的這種偏見提出反對意見的時候，最後發生的事情都證明
了母親所持的偏見其實是正確的。母親的憐憫心與真誠讓
她成為了非常有趣的朋友，因為她喜歡聆聽那些聰明之人
所說的話，並且有著強烈的幽默感。她喜歡別人唸書給她
聽，雖然我從不認為她會質疑別人都給她說的內容是否正
確。母親是一個有著深厚宗教情感的人，雖然我從不認為
她能夠為自己所信仰的宗教找出半個理由。對於那些與她
信仰不同宗教的人，母親總是懷著包容的心態，從來沒有
想過要去了解別人所信仰的宗教。在村子裡，她受到了男
人、女人以及孩子們的喜愛，雖然她也並不怎麼會去「拜
訪窮人」。與此同時，如果任何家庭遇到了麻煩，無論是
哪一種類型的麻煩，她都會本能地前去幫忙，從來不會對
任何悲傷或是痛苦的場面感到怯場或是害怕。我從不認為
她對此懷著什麼責任感，而只是出於一種自發本能的行為
去做絕大多數人都不敢去做的事情。村子裡一位精明的女
性，一個工人的妻子，我的母親在一兩年前就曾見到她遭

遇了一場可怕的悲劇。當我向母親提出這個問題時，母親回答說：「如果她與別人有著一樣善意的舉動 —— 每個人都對我們充滿善意 —— 但是，她經常會過來與我坐下來一起聊天，然後看著我。在一段時間的了解之後，我認為自己幫助她是正確的行為。」

　　在我看來，母親在勤儉持家方面的能力是最強的。我們的僕人似乎從來都沒有離開我們。他們所獲得的薪水，在其他人看來是高得離譜的，但我從來不認為是較高的薪水吸引著他們。母親也沒有怎麼見到這些僕人，很少會故意為難他們。但是，每當僕人們做得不對的時候，她所表現出來的不滿都是對事不對人的，絕對不會傷害他們的人格與自尊。真正讓母親感到不滿的，不是這些僕人無法履行對她的責任，而是他們無法履行她所遵循的更大責任。

　　母親在做一些慈善行為的時候，似乎從來沒有感受到一種強烈的責任感 —— 事實上，我也很難說母親到底是怎樣度過一天的 —— 她有著簡樸的心靈、無私的情感以及對生活各種狀況的淡然接受，她的安靜以及忠誠的愛意，在我看來她就是我見過最為虔誠的基督徒了，最為接近上帝所創造出來的理想人物了。雖然母親的大部分收入都用於低調的慈善活動上，但她同時也認為，要是基督教

第五章

要求每個人都放棄自己全部擁有財產去做慈善活動，這則是非常荒謬可笑的。儘管如此，母親依然不是怎麼看重財富所能帶來的舒適生活。她只是懷著簡樸的心靈去接受財富，並對妥善保管這些財富有著一種強烈的情感。

有時，我不禁會想，這樣的女性的確是越來越少了，但更讓我難以置信的是，在這樣的女性如此稀少的情況下，她竟然成為了我的母親。

第六章

　　我必須要心懷感恩地說，我的人生裡始終都存在著某
個元素，因為我無法用更好的名字去稱呼這個元素，只能
將之稱為美感。我所談論的美感，是指一個人在突然間或
是無法預料的情況下感受到的那種興奮情感。這種神奇的
感覺在衝入我們的心靈世界時，會為我們的身體帶來一
種劇烈的震撼。但是，這樣的美感會以兩種方式進入我
們的心靈。我認為，對於大多數人來說，美感始於我們與

其他人之間產生的關係，或是源於被我們稱之為「愛意」
的東西。對其他一些人來說，這則是源於一個更為寬廣的
領域，這可能是突然從一朵花、一個畫面、一個觀點、一
幅畫或是一首詩歌所引發的難以言喻的美感。我認為，那
些從後面這個角度感受美感的人，往往不會過分受到人與
人之間關係的影響，而是能夠懷著一種孤獨或是沉思的思
想來面對這個世界。也許，他們能夠從中感受到更多快樂
的源泉，不會受到一段友情或是一種熱情所帶來限制。關
於這方面較為典型的例子，就是華茲華斯與威廉‧莫里斯
之間的例子了。我認為，華茲華斯經常會從自然世界呈現
出來的宏大尊嚴、雄偉的形式中汲取最深刻的靈感。而莫
里斯則是屬於自然世界的這種力量當中，他似乎有著一種
近乎天才般的活力，能讓他以最樸素與簡單的方式去看待
美感。

　　從很早的時候，我就發現自己經常會被這樣一種美感
或是神祕感所困擾，雖然在之後的很多年裡，我都無法對
這樣一種感覺取一個名字，但我發現自己產生這樣的感覺
時，一般都是受到自然界一些事物所帶來的影響。我已經
欣賞過歐洲大陸上一些最為狂野且震驚人心的自然景象。
我已經攀登過高高的岩石山峰，穿過了空無人煙的高山，

但是內心一些強大的恐懼感與敬畏感，讓我這樣的情感失去了最為原始的樂趣。我還經常發現自己會因為看到了一些簡樸的景象而感到激動 —— 比如月亮從一塊森林空地上升了起來，紅彤彤的夕陽慢慢地從松樹林間沉下去，還有一些發出清脆聲響的流水聲，林間池塘裡那些清幽的環境，古代莊園那些飽經風霜的山形牆，春天時覆蓋著白雪的果園 —— 這樣的景象都要比我看到的雄偉高山或是一些洶湧流淌的水流，更讓我的內心充滿震撼。

我想要描述兩三個這樣充滿神性的景象，這些都是我從記憶的寶庫中選取出來的。其中兩個景象是我在學校讀書的時候記錄下來的。當時，我在一間鄉村學校讀書。我們所居住的房子曾是一位著名政治家的故居，這裡有著一大片空地。當然，我們只被允許在這附近閒逛。空地的一邊豎起了一個很高的木柵欄，這讓那些矮小的動物無法攀爬過來。有時，我還會猜想，在這道木柵欄的後面，是否還隱藏著什麼東西。某天，我發現我可以打開一塊破爛的木柵欄，然後透過木柵欄看到了一個安靜的地方。那裡有一片之前從未被我留意的灌木叢，似乎之前也從來沒有人到過那裡。那裡的月桂樹生長得非常茂密，高高的榆樹遮蔽著陽光。因為人跡罕至，沒有一條成形的道路，附近都

生長著茂密的長春花，但在這塊地的中間位置，則是三個不高的墳頭。我一直在想，這些可能是埋葬狗的墳墓。但在之後，我認為這應該是埋葬夭折的孩子的墳墓。當我注視這些景象的時候，我的內心充滿著一種難以言喻的神祕感。一些夢境般的奇怪畫面本能地湧進我的心靈，讓這個荒涼的地方變成了一個具有浪漫色彩的地方。讓我經常感到困惑的是，那個地方經常會進入我的夢境世界裡，也經常會成為我沉思的對象。

接下來一個充滿神性的場景是我之後感受到的。在我接受教育的公立學校附近，有一片我們這些學生可以自由進入的森林。我發現，即便是走上很長一段路，我也才只能來到一個長滿樹木的山丘。若是從遠處看的話，這顯然是很有特色的景象。但在那個時候，課間較短的時間讓我根本沒有辦法可以繼續深入森林裡面去看看。要是站在山丘的頂部，有可能看到這片森林的全貌，可以看到一片長滿青草的開闊地帶，還能看到高聳的樹木就像哨兵那樣守衛這片森林。歐洲蕨在森林裡茂盛地生長。在草地的盡頭，有一個閃耀著光芒的森林池塘。對我來說，這個地方就是真正意義上的「神奇窗扉」。在池塘那邊之外的地方，是我無法前去窺探的。地平線上藍色的山丘似乎在

每棵樹的樹頂之上。我本人從未想像過這樣一塊地方是有人居住過的。但不管怎麼說，這是一片讓人充滿幻想的地方，讓人感受到充滿夢境的森林與沉默安靜的森林空間。有時，一頭小鹿會慢悠悠地來到開闊的溪谷，然後站在那裡靜止不動，用鼻子嗅著微風中的芳香。鴿子則會在樹林間發出咕咕的叫聲，讓人感覺整個畫面顯得更加豐富，更加具有層次感。

　　除了這兩個景象之外，真正讓我帶來難以言喻夢境的地方，就是一個名叫格拉特利磨坊的地方 —— 這個磨坊距離我現在居住的家只有幾里路而已。我母親有一位年邁的阿姨過去就住在那裡附近。在我還是個小孩的時候，經常會在初夏時節前去那裡住幾個星期。

　　一條很狹窄的鄉村小徑可以直通到那裡：這是一條不知從哪裡發端的小徑，也不知道這條小徑最終會帶你到什麼地方。這條小路沿著農場的方向彎彎曲曲，就像一個意志薄弱的基督徒那樣，喜歡隨遇而安。附近就有一堵用紅磚砌成的山形牆，一個鈴就掛在白色涼亭的頂端。在炎熱夏日的時候，我與母親經常會沿著這條小路前進。當時，我一直將母親視為一個難以接近且沒有什麼經驗的人，雖然她在生我前的一兩年裡在學校裡讀過一兩年書。我會在

母親身旁慢跑，手上拿著一個荷蘭式箱子，箱子裡面裝著釣竿，準備在那裡的一個池塘坐下來釣魚。

接下來的小路越來越多沙，路面也變得越來越潮溼：一條小河在露天溝渠裡發出叮噹的流水聲，溝渠旁邊的知更草以及即將枯萎的毛茛屬植物就像破爛的衣服，將這條露天溝渠遮住了一半。自從我們發現了這條小河裡游著很多黑色的生物時，就變成了一個具有神祕色彩的地方。這一切的轉變似乎都是在那個晚上發生的 —— 當地的村民將那種黑色的生物稱為七鰓鰻。他們告訴我們，在古代的時候，這些七鰓鰻的體型很小的。在我幼稚的心靈裡，我立即知道這些七鰓鰻肯定是上過餐桌的。正如歷史書上所寫的，古代很多國王都因為吃了太多的七鰓鰻而早早地去世了。

在露天溝渠的某些地方，我還看到過一條顏色鮮豔的鰻魚，鰻魚渾身很溼滑，很難用手抓住。我一直想要抓住一條鰻魚，希望能夠在同一個地方見到牠，然後將牠捉住放在我口袋裡的一個鐵盒裡。這樣的話，我就能帶著這條鰻魚回到我家，然後讓牠在夜班保母的照顧下，在水池裡度過自己偉大的一生。真是可憐的鰻魚啊！我很高興自己沒有捉到那條鰻魚，但我也認為這條鰻魚是失去了一個很

好的機會 —— 牠肯定會感到無比後悔的。

　　接著就是一條崎嶇難行的小路，每當往前走一步，似乎就越來越靠近河道。最後，這條小路沒有了任何的遮掩，直接通向了一趟清澈的淺水 —— 終於看到了磨坊！我還記得，這樣的場景充滿了一種神奇的魅力。在小路左邊的一側，有一條用木板與標杆做成的人行道，人行道上還有木製的扶手，人行道下面還有一兩個水閘之類的東西。放眼更遠處，一個水磨坊似乎在靜靜地沉睡，顯得那麼的黑暗與安靜，磨坊的四周都圍繞著樹木。在磨坊的右邊，一條小溪沿著草地慢慢地流淌著，最後消失在一片綠色植物當中。在夏天的時候，小溪的岸邊以及一些沙洲島上都長滿著茂盛的水草植物，其中就包括聚合草、玄參科植物以及水大黃。優雅的柳草有著粉紅色的角狀，在空中飄揚著，珍珠菜也在一片天鵝絨的「尖塔」上漲起來了。在河岸的一邊，有著一座發出嗡嗡聲的封閉式磨坊，水輪在不停地拍打著河水，發出潺潺的水聲，這就像一個巨人被關押在一座閣樓裡。看到水輪在不停地轉動，並且不斷地濺起水花，這為我的內心帶來了一種震撼的情感。我還可以聞到河水發出的清新味道。這裡的磨坊都是將大米碾磨成麵粉的，空氣中彌漫著漂浮的麵粉灰塵。一些跳蟲也

第六章

發出喋喋不休的咯咯聲，磨坊上面的齒輪發出轟隆的咬合
聲響。此時，被碾磨之後的麵粉很快就落入了打開的麻布
袋裡。那位磨坊工是一位表情嚴肅且專注的人，他渾身都
沾滿著麵粉，看上去就像一棵李子樹。他向著我們微微點
頭致意，似乎在讓我們遠離這個地方。我敢說，他是一個
有點羞澀的年輕人，似乎不願意在心智層面上做出更大的
改變。但在當時的我看來，他是一個簡樸且有著政治家風
範的人，似乎對一些重要的事情非常重視。在磨坊的後
面，有一條小路穿越了榆樹與草地。在平常的時候，我對
在草地上奔跑的熱情肯定會超越一切其他事情。但在夏天
的週日，當我們步行前往格拉特利教堂的時候，我不會這
樣做。在我看來，已經逝去的時光幾乎是太多了，多的根
本無法用數字去衡量。歷史悠久的紫杉樹依然在教堂旁邊
挺拔著，教堂的頂端是用白色的木板做成的，上面還有一
個破爛的鐘。走進教堂裡面，是一個沒有側廊的中廳，裡
面擺放著用橡木做成的年代久遠的靠背長凳。在教堂的一
側擺放著看著很大的手搖風琴，還有一堆金色的管子。我
看到了一個體型消瘦的男人打開了一扇小門，然後不時地
將雙手插入那些管子裡進行調音。這個教堂的牧師是一位
年邁的紳士。我認為，他帶著一個黑色的假髮。雖然在那

個時候，我認為這只是他真實的頭髮。這位牧師另一個十分有趣的習慣，就是喜歡抿著嘴發出響聲。每當他閱讀的時候，都會停頓一下，給人一種他似乎非常享受這個閱讀過程的感覺：「摩押 —— 圖特 —— 是我的洗衣鍋 —— 在以東 —— 圖特 —— 我將會脫下的我的鞋子 —— 圖特。在非利士 —— 圖特 —— 我將會取得勝利。」

在教堂的法衣室裡，擺放著一件非常有趣的古代遺物，我認為這件遺物的正確名稱是聖體容器。這是一個鍍金的，有著杯頂的聖餐杯。如果我沒有記錯的話，這是當年那些士兵為了保護聖體而使用的杯子。那個聖體容器看上去非常鬆散，但我卻想要去撫摸一下！法衣室裡還陳列著一些水晶般的長釘，還有其他一些破爛的遺物。我認為，這些都是曾經被放在聖體容器頂部的東西。至於我的記憶有沒有出錯，我不敢保證。但我敢肯定，這些保存下來的遺物是最為有趣的東西。我還記得，當時教堂的一位高級牧師與我們待在一起，這是之前那位牧師引薦我們認識的。那位高級牧師對於見到我們感到非常驚訝。

教堂就建立在草地之上，四周都有很多大樹圍繞著。教堂本身石是一棟較低矮的白色建築。夏日，走進教堂會感受到一股清涼，聞到芳香的氣味。這個地方的一大特色

第六章

就是有一個魚塘 —— 其中一個魚塘就在灌木叢的外面。
另一個魚塘，我之前記得教會的養魚池，則是在一個長方
形的魚塘，就在一條砂礫小路的之外不遠的地方。沿著這
條砂礫小路，就是一堵古老的紅色磚牆。這是我們最喜歡
的釣魚場所。但在這個魚塘的不遠處，生長著一棵栗樹，
栗樹的旁邊是一個水更深的魚塘，魚塘的一半面積都被睡
蓮所覆蓋。我從來不敢獨自前往那個魚塘釣魚，甚至不敢
獨自一人前往那裡。

我也不是很喜歡釣魚的時光。我只能說，我對釣魚時
所忍受的無聊，是我不得不要承受的。我可以肯定一點，
我從未想過要將釣上來的魚煮來吃了，只是喜歡把魚拉上
來的那種快感而已。我喜歡看到釣上來的魚是什麼模樣，
但我又不願意看到那些魚離開水之後在喘氣的樣子。很多
時候，我都會將釣上來的魚放回去，而不會將牠們放在一
個冰冷的小籃子裡，然後帶回家。

在草地上高高的樹木所形成的陰翳下喝茶，欣賞著我
們釣上來的魚，在教堂旁邊那條已經吃飽的狗正在玩著
板球 —— 所有這些手構成了一幅夢境般的畫面。對我來
說，整個場景都讓我的童年記憶充滿著紫色的光芒。

某天，我騎著腳踏車前往靠近格拉特利，想要過去那

裡看看。但是，我卻不敢獨自一人前去那個大廳。但我還是騎著腳踏車穿過了草地，沿著小路一直來到了磨坊。我幾乎為自己內心感受到的躁動不安感到羞愧。但是，看到我將近 30 年都沒有見到過的草地，反而帶給我的身體一些不良的感覺。事實上，並不是所有事物都變得更加渺小了，甚至改變了它們原先在我腦海裡的位置，而是一種想家的念頭慢慢地出現在我的心靈裡。這樣一種對故鄉強烈依戀的情感，對於我們這些膚淺脆弱的人類來說，到底意味著什麼呢？我們這樣一場短暫的朝聖之旅，到底是為了什麼呢？這真是一個奇怪的想法啊！這種情感的強度與深度似乎讓人能夠感受到永恆。

　　在草地的一側，小路突然終止了。因為前面是一條徑直流淌的鄉村小溪了。小溪的兩岸沒有樹木，小溪裡面也沒有生長著水草植物。剛才的那條小路甚至都還沒有靠近小溪。在我前面是一條黃色的磚砌小橋，小橋上安裝著鐵製格子。哎呀，看來我走錯了方向，必須要沿路返回了。但是，請等等！小溪附近的那座低矮的白色房子是什麼回事？原來那是一座最古老的磨坊，房子上面的木板似乎都已經沒有了，當年的穀倉也不見蹤影了，當年的花園依然還有一堵牆圍繞著。那座古老的木製小橋早已經坍塌了，

第六章

一些富有的地主曾耗費過不少錢來修建那座小橋，但現在
也是不見了。格拉特利這裡有一條很方便的道路，還有一
條可以通行的小橋以及一座與時俱進的磨坊。也許，教區
的每個人都會承認，這是社會進步的一種表現。

但是，誰能讓我重新感受當年那些高大的樹木以及安
靜的池塘呢？誰能夠重現這個地方過去的美感、那股神祕
的氣息以及優雅的尊嚴呢？難道美感只是一種將事物融合
在一起的把戲，將一些閃閃發光的情緒集合起來，或是透
過運氣將水流、高大的樹木以及陽光都集合起來而已嗎？
如果勤勉之人可以透過自己的雙手去找尋美感的話，那麼
美感能夠張開翅膀然後飛翔嗎？難道大自然不是時時刻刻
都在修復著人類所造成的各種糟糕的後果，重新恢復之前
的美感嗎？或者說，大自然是否將更多的精力投入到了那
些荒蕪人煙的地方，然後耐心地等待著人類那雙野蠻的手
來破壞呢？

當我準備轉身離開的時候，我的內心彷彿在啜泣。但
是，有一樣東西是任何人都無法奪走我的，那就是格拉特
利磨坊所形成的那幅景象，在多年耐心的等待之後，已經
變成了充滿榮耀的一個畫面。這樣的畫面將會永久地保存
在我的腦海裡，絕不會隨著時間的流逝而慢慢稀釋。

我必須要對一樣東西心存感激 ── 那就是這些美好且充滿神祕的地方散發出來的精神，讓我感受到了任性的森林女神彷彿來了又去，去了又來，讓我感受到了她的頭髮與目光彷彿都注視著那一片潺潺流動的河水 ── 我們可能會給她取很多個笨拙的名字 ── 但是，她首先是在格拉特利磨坊高高的榆樹下面，在我的耳畔輕輕地說出這些話。從那之後，我們就經常進行交流與對話。很多時候，我都會感覺她彷彿在輕輕觸碰著我的肩膀，然後低聲說出一些充滿神奇魅力的話。這樣的感覺經常是我可以感受到的。但是，我始終都還記得那座橋，那些水草植物，還有那座發出嗡嗡聲的磨坊，還記得灑在多沙的淺灘上的陽光，再次感受森林女神觸碰著我的雙手。

第六章

第七章

　　無論是在童年還是青年時期，我都接受了傳統的古典教育——分別在私立學校、公立學校以及大學就讀。我從不認為自己會耗費心力去研究課程設置背後的哲學理論或是動機。但是，當我在 20 年後回過頭去看的時候，雖然我了解了當年學校設置那些課程的用意，是為了讓學生能夠接受更加高尚且富於尊嚴的心靈教育，但我對這樣的做法所產生的實際效果心存懷疑。雖然我是一個有一定能

力且心智健全的男孩，並對文學有著一定的興趣，深受高雅的影響，但我依然擔心，英國絕大多數年輕人的心智正因為缺乏智趣層面上真正的教育，而變得越來越狹隘與停滯不前。

難道絕大多數成年人沒有這樣一種感覺，就是小孩子真正感興趣的並不是事情本身，而是完成這件事所帶來的那種快感。當他們進入青春期的時候，他們就會對原先感興趣的東西失去興趣，感到厭煩甚至是產生叛逆的心理，直到他們最後對整件事產生憤世嫉俗的態度 —— 可以說，他們最後產生了麻木心理。無論從這樣的學習中得到什麼，倘若他們無法享受到其中的樂趣，那麼得到什麼知識又有什麼用處呢？難道我們真正的用意，不應該是讓學生打好某一方面的基礎，然後盡可能地培養他們在某個方面的特長，讓他們能夠嫻熟地掌握某方面的能力，憑藉興趣去克服前進路上的各種困難嗎？

那些擁護古典教育的人辯稱，強調文法等方面的準確訓練，能夠增強與強化學生們的智慧，讓他們的心智能夠接受古代傑出文學作品所帶來的智慧，從而更好地培養他們正確的品味以及批判性能力。

我認為，這是一條聽起來非常不錯的理由。我承認，

這樣的教育方法對於那些本身就具有強大智慧能力的學生來說是行得通的。但是，這樣的教育真的對絕大多數學生都是行得通嗎？首先，看看文法的學習能夠取得什麼效果 —— 事實上，當學生要透過死記硬背文法知識來應付考試的時候，他們其實根本無法真正明白這些文法知識的用意，因為他們很少在平時的閱讀中遇到一些稀奇古怪的文法形態。想像一下要是按照相同的理論去教育英語知識，讓學生們都明白金屬這個詞語是沒有複數的，而某些魚類的單數形態與複數形態都是一樣的 —— 這樣的知識點都是需要學生死記硬背才能去掌握的，而且這樣的知識點也是無比枯燥的。除此之外，拉丁文與希臘文裡文法形態的數量因為大量名詞的屈折形態變得更加複雜。對大多數學生來說，讓他們死記硬背這些單複數形態 —— 這本身就讓學生們產生厭惡的形態，他們在日常的閱讀中很少會見到這些單詞 —— 這難道不是很糟糕的事情嗎？這種教育方法帶來的結果是，那些心智軟弱的學生遭到了扭曲，讓他們的神經始終無法得到休息。一些天生記憶力較強的學生也許能夠按照古板的方式記住了這些形態，但是這樣做也是毫無意義的，因為這些學生只不過是死記硬背下來了一大串毫無意義的單詞而已。在絕大多數的情

況下，他們都會很快就將這些單詞的形態忘記的一乾二淨 —— 事實上，除非我們的教育方法能夠讓學生以一種邏輯性的方式將這些知識點連接起來，否則學生們可以說是什麼都沒有學到。

　　當學生們忍受完了文法所帶來的折磨之後，又要進入另一個階段的折磨 —— 那就是對文學作品的欣賞。我認為，在那些不得不要學習文學作品的學生當中，真正明白他們所閱讀的古典作品就是真正文學的人，估計不會超過10%。這些學生根本就不是出於對文學的熱愛去閱讀那些書籍 —— 如果他們不是出於內心對那些古典作品散發出的美感以及遣詞造句感興趣的話，那麼他們就很難在學習過程中將一些段落連繫起來，無法真正感受到那些古典文學傳遞出來的真正意義。

　　我個人的看法是，這一套教育方法以及教育理念都是錯誤的。這與長老會禮拜儀式一樣，整套體系過分依賴於老師的個人自主性，讓教學的老師承受了巨大的心理壓力。一個充滿活力、具有幽默感的老師也許能夠幫助學生們打破造句與文法分析所帶來的束縛，讓學生們可以感受到更加偉大的心靈。若是一些老師本身較為沉悶且缺乏熱情的話，那麼整個教育方式就會因為過分枯燥，而讓學生

無法學到任何有價值的知識。總而言之，這種教育體系所帶來的後果，就是我們學校絕大多數學生都無法得到對那些所謂的古典文學產生什麼概念。他們會感覺自己始終局限在文法分析與文法研究的黑暗世界裡，無法看到前方光明的曙光。

　　歸根究底，我們要提出的問題是，教育的目的到底是什麼呢？我認為教育的目標主要有兩個方面：第一個方面，就是培養學生的樂觀的精神狀態、敏銳的洞察力以及高效的人生態度，讓他們能夠迅速看到一個關鍵點，然後想出解決問題的方法，讓他們能夠以清晰且準確的思想去闡述一件事。一位接受過恰當教育的年輕人應該有能力發現出事物存在的缺陷，然後透過培養起來的洞察力去找出問題不符合邏輯的地方。他不應該受到任何全新理論的限制，不應該只看到似是而非的一面。我認為，這也是當下教育體系所帶來的消極影響。第二個方面，就是學生們應該培養對智趣層面上的興趣，懂得感受，在文學領域不應該屈服於任何權威，不應該被別人牽著鼻子走，而應該保存自己最為重要的原創能力，還應該有著自己的閱讀品味。如果他的興趣點是在歷史學方面，那麼他就要努力地閱讀與研究與歷史相關的理論，不管這些理論是過去的還

是當下的。如果他的興趣點是在哲學方面，他就應該在了解過去哲學發展歷史的同時，緊跟著當代的哲學潮流。如果他的興趣點是在純文學方面，那麼他就應該抓緊時間認真閱讀那些優秀的文學作品。

　　但是，我們英國現行的教育制度會帶來什麼結果呢？從某個方面來看，這樣的結果是值得讚揚的。這樣的教育制度培養了很多彬彬有禮、慷慨大度、勇敢且具有公共精神的人。但是，若是沒有一定的智趣標準，想要培養出學生這樣的品格是不可能的。現在，我還記得，雖然自己當時沒有以這樣的理論去解釋現象，但我在學校讀書的時候，就經常會對這樣的現象產生疑惑。很多學生都喜歡聊天，喜歡遊戲，喜歡進行戶外活動，他們都是心智健全且有責任心的學生。與此同時，他們在智趣層面上卻是顯得躁動不安。他們只能閱讀一些最為簡單的小說，最多只能乖乖地坐上一個小時來閱讀，無法集中精神去描述一個有趣的事物，或是對這些事物產生鄙視的情感。他們認為這樣做是難以忍受的，而且是假正經的做法 —— 但是，我們的教育體制就是培養出這樣的學生，他們在很多方面都是優秀的，但他們卻缺乏個人的看法，只是希望模仿、追隨與崇拜別人。

可以肯定的是，倘若我們的目標是要達到更高的智趣標準，並以現行的英文教育體制作為犧牲品的話，我肯定會願意做出這樣的犧牲。但我認為這樣做是毫無必要的。更讓人感到不解的是，我不認為，絕大多數的教育從業人員認為，現行的教育制度是以犧牲智趣層面上的教育為代價的。

　　我還記得曾經聽一位經驗豐富的成功教育者說，他認為一個真正接受過良好教育的人，都是那些心智不會受到談論其他新書影響的人。如果這是一場真正嚴格的考驗，那麼我們的公立學校的表現就可以說是超越了所有人的預期。公立學校培養出來的普通學生是絕對不是會受到任何新書的影響，因為他們總是小心翼翼地不會讓自己接受任何帶有偏見的思想 —— 或者說，這些學生壓根就不會去閱讀這樣的書籍。

　　目前，競技體育成為了很多學生們熱衷的活動。在我看來，很多男生似乎受到了這樣的鼓舞，認為他們的人生在 30 歲左右的時候就可以結束了。但我認為，這些學校的教育目標應該是能夠培養學生一種終生學習的能力，讓他們無論在生理還是心理層面上都能得到同等的發展。我們想要培養出來的是那種無私、沉穩且有所追求的學生，

這樣的學生應該要有著遠大的志向，絕對不會因為自身的無知而做出錯誤的判斷，也不會表現難以糾正的輕佻舉動，不要害怕承擔責任，也不要擔心一些病態的影響，不要迴避或是討好大眾，而要表現出真正的自我，展現出自己是一個身心健康、充滿活力且快樂的人。這樣的學生不應該害怕任何的困難，也不應該因為承擔起一些責任而感到內心苦悶。這樣的學生應該熱衷於參加體育活動，同時也懂得如何從書籍中獲得難得的休閒時光。他們不應該是心胸狹隘的人，不應該從某個城鎮或是教區的角度去看待一些問題，而應該懷著愛國之心與現代的精神去看待現在與過去。在現實生活中，這些學生應該要表現出務實的精神，同時要有智趣層面上的優越感。

我認為，真正讓人痛心疾首的是，現行的教育體制過分追求所謂的理論性完美，這會讓學生們無法從教育得到一種務實的能力。如果發揮整個國家國民的集體智慧是一件好事來的話，那麼我們就必須要放棄目前的教育體制。讓公立學校變成軍營，讓學生們過上操練身體的健康生活，同時讓他們在閒暇時間填補心靈的需求，否則就會帶來嚴重的後果 —— 我們應該讓學生在鍛鍊身體的時候，同時鍛鍊他們的智慧。我們必須要坦誠一點，事實情況就

是如此。但是，學生們目前在公立學校裡所接受的教育，除了鍛鍊他們的意思表達與文學方面的能力之外——其他能力基本上沒有得到任何的發展。

就個人而言，我對文學還是有一些興趣的。我以敷衍馬虎的方式閱讀了很多英文詩歌、回憶錄、文學歷史以及論文，但我的這些閱讀完全是業餘愛好，沒有得到任何專業人士的指引。我甚至還對一些具有特別風格的文章有著特別的偏好，我無法用筆寫出一篇真正意義上的英文論文——我也對文章的順序安排存在著很大的困惑。我從未沒有想過要怎樣寫作才能「更好地表達文章的主旨」。我在創作的時候缺少一種均衡感，很多時候都會將閃過自己腦海裡的想法與當時正在寫作的話題連繫起來。我從未學習過如何開門見山地表達一個主題或是強調文章的核心內容。

我也從來不認為自己對古典文學有著什麼偏愛，不過幸運的是，我天生就擁有一種形象化的心智。雖然，我認為自己所讀的很多古典作品都是讓我感到枯燥無味的，但我偶爾還是能夠從其中的一些段落或是描述中得到一些閱讀的快樂，感受到一些真切的情感湧動。比如，《奧德賽》

與《艾尼亞斯紀》（*Aeneid*）[04] 這兩本著作就充滿了這方面的驚喜。關於上帝的許多討論，我的內心有的只是充滿困惑的鄙視情感，但諸如拉爾特斯穿著打補丁的長筒橡膠靴，笨手笨腳地在他那個高地農場種植樹苗的場景，卻突然間牢牢地抓住了我的心靈。卡圖盧斯、賀拉斯與馬夏爾等人的作品，有時也會激發起我內心無窮的想像。在我看來，有時閱讀這些古典作品就好比穿越一些荒涼的地方。或者，正如丁尼生所說的，會讓人彷彿置身於一個膠水的海洋，讓人感受到一些神性的時刻。

關於那些激發我想像情感的場景，我將會在後面詳細地加以描述，作為佐證自己想法的一些證據。當我一開始閱讀《艾尼亞斯紀》這本書的時候，就是坐在一個落滿灰塵的教室裡，當時教室裡的煤氣燈在燃燒著。老師在課堂講解的內容非常枯燥，根本無法讓我了解這本書的真正意思。我當時就隱約地感覺到，這位老師與我們這些學生一樣，都對這樣的古典文學感到非常的厭煩。

安德洛瑪刻是赫克托爾的妻子，她在之後不得不要與赫克托爾的弟弟奈奧普托勒姆斯一起結婚。海倫努斯在皮

---

[04] 《艾尼亞斯紀》是詩人維吉爾於西元前 29- 前 19 年創作的史詩，敘述了艾尼亞斯在特洛伊陷落之後輾轉來到義大利，最終成為羅馬人祖先的故事。

拉斯去世之後，繼任成為這個國家的首領，而安德洛瑪刻
則再次成為了這個國家的皇后。她建造了一個帶有鄉村氣
息的祭臺，作為表達自己內心悲苦之情的發洩口，懷念她
的第一任丈夫。當我閱讀到這裡的時候，內心就在想，當
這樣的環境變化之後，她肯定會成為一名讓海倫努斯感到
沉悶的妻子。在這本書裡，艾尼亞斯就經常出現在她的祈
禱詞裡面。艾尼亞斯帶著身後一大幫勇士出現了，看到
了滿臉驚恐的皇后。安德洛瑪刻認為艾尼亞斯只是一個幽
靈，於是她就懷著極為悲傷的口吻大聲質問：「如果你真
的是來自另一個世界的話，赫克托爾在那裡嗎？」正是這
樣一段突然的轉折，讓我感受到了維吉爾的文學天才。

　　我在一片長滿山毛櫸的空地上認真地欣賞著。每一棵
高大樹木旁邊都聳立著另一棵高大的樹木。這些樹木叢中
半掩著一塊很高的石柱，支撐著一個差不多坍塌的墳墓。
在墳墓的旁邊是一個石頭砌成的凹室，下面還有一個很小
的祭臺。在凹室上聳立著一座沉默無言的雕像，雕像的頭
是向下低垂的。從祭臺向上看，可以看到一縷青煙慢慢地
升起。女王的雕像較小，穿著黑色的衣服，顯露出一張疲
憊的臉龐以及脆弱的雙手，微微彎著腰似乎在進行祈禱。
在女王雕像的旁邊是兩個少女的雕像，她們同樣穿著深黑

色的衣服，還有一個穿著祭壇布的牧師，一個盒子裡還裝
著焚香。

　　一陣輕微的嘈雜聲進入了安德洛瑪刻的耳朵裡。她轉
過身，看到在一條青綠色道路的邊緣，正在被緩緩下山發
出燜燒般光亮的夕陽所點燃，此時出現了一個武士形象的
人，這位武士手臂上的盔甲已經生鏽的，呈現出深黑色。
他那雙套著盔甲的雙腳深陷在草地泥炭裡，正在用長矛吃
力地支撐著。他的臉龐顯得蒼白，臉上的皺紋清晰可見，
似乎在展現出他在過去遭遇到了很多非人的折磨與痛苦，
但是他的臉龐同時也展現出了一種自我認可的表情。他那
蒼白的分叉鬍子落到了他的胸口，在他身後是一群手持長
矛的武士。

　　毫無疑問，這樣的場景充斥著洛可可式的描寫風格，
給人一種浪漫的情感，同時這樣的場景也是那麼的真實與
激動人心。我在腦海裡彷彿能夠清晰地看到那蒼白色的山
毛櫸，在山毛櫸樹下面，透過一個縫隙，可以看到低矮且
美麗的山丘以及一條顏色黯淡的河水正沿著平原上緩緩流
淌。我彷彿能夠看到艾尼亞斯那蒼白的臉龐，看到女王那
雙黑色眼睛所散發出來的目光，還有那些崇拜者露出驚恐
的沉默表情。

第八章

　　在劍橋大學，情況則顯得非常不同。劍橋大學的課程設置，讓我幾乎在智趣層面上始終處於一種挨餓的狀態。我選擇參加了古典文學文學士榮譽學位考試，然後認真地閱讀著一些翻譯過來的文學作品，以一種人們所能想像到最鬆散的方式閱讀了很多古典文學作品。在閱讀的過程中，我幾乎從來不會關注這些主題的內容，也很少去閱讀一些內容的注解。正因為如此，我對這些古典文學的背景

歷史、考古知識或是哲學思想是一竅不通的,甚至對其中的一些固定成語也顯得非常無知。在這方面的學習上,我沒有獲得過任何的指引。我是否參加這樣的課程,也沒有老師進行強制性的要求。雖然一些老師在作文講座上表現的很用心,卻無法激發起我的興趣。必須要承認的是,我的指導老師嘗試過不少方法去影響我的閱讀觀點,希望我能夠制定一個閱讀計畫,甚至向我推薦了一些應該閱讀的書籍或是版本。但是,因為我對這方面不是很感興趣,所以整個計畫是一拖再拖的。雖然,我有時會在一個漫長的假期裡,認真閱讀著《奧德賽》、《艾尼亞斯紀》以及亞里斯多德[05]的《尼各馬可倫理學》(*The Nicomachean Ethics*)等作品,但這些作品都沒有讓我留下什麼深刻的印象。不過,我的學習成績始終排在班級的前幾名,這倒不是因為我真的對這些古典文學非常了解,而是因為我僅僅對這些古典文學作品相對熟悉而已。我對最為普通的古典文學的創作法則依然是一竅不通的。

即便如此,我還是從劍橋大學的學習中汲取了很多智趣層面上的動力與源泉,雖然這樣的動力與源泉幾乎與學

---

[05]　亞里斯多德(西元前 384- 前 322 年),古代先哲,古希臘人,世界古代史上偉大的哲學家、科學家和教育家之一,堪稱希臘哲學的集大成者。

校強制性的課程沒有什麼關係。因為我加入了一個每週聚會一次的小型社團，大家都會閱讀一些關於文學或是倫理學方面的文章，然後進行認真有趣的討論，一直持續到深夜。我就是透過這樣概略的方式閱讀了很多英文作品，甚至還創作出了一些詩歌與小說。當我離開劍橋大學的時候，我依然是一個沒有接受過充分教育的學生，對所謂的文學創作方法依然一竅不通，鄙視那些所謂的傳統寫作方法，非常喜歡那些帶有即興創作風格的作品。當然，對我來說，對文學的興趣愛好應該是一種天性的本能，但我之所以能夠繼續保持這樣的興趣與愛好，絕不是因為從那些所謂的老師或是教授那裡獲得了什麼鼓勵，而是因為始終在這方面沒有接受過正規訓練，因而才能保存這樣的興趣與愛好。我從來都不會堅持在創作時使用所謂的固定模式或是追求所謂的精確。至少在我看來，所謂的追求精確性是很難透過教育本身來進行灌輸的，只能透過每個人按照個人不同的情況去進行改正。因此，這是很難透過一個心理的過程去實現的，或者說，我成功地抵制了老師們給我灌輸這樣的理念 —— 事實上，我從來都沒有意識到，透過強制性灌輸這樣的理念到底具有什麼樣的價值。

第八章

第九章

　　我從小就是在一個有著宗教氛圍的家庭裡成長起來的。我從小就熟悉《聖經》以及一些相關的宗教知識，但我始終沒有那種天然的虔誠心理。我可以肯定一點，當我還是一個孩子的時候，我根本沒有任何的宗教觀念——我從來不認為我在這方面有什麼道德品行的要求。與很多孩子一樣，我更多的是從一些朋友與夥伴那裡獲得一些道理，而不是透過大人們教導的一些原則去進行感悟的。

我對於別人的反對非常敏感，因為我天性就是一個羞澀的人。我很討厭被別人作為典型的例子來進行批判。除此之外，我這個人也缺乏足夠的活力，很少能夠直接體驗到那樣的誘惑 —— 比如反叛、憤怒或是追求感官刺激等，這些都是讓我感到非常陌生的。我是一個純真的孩子，但我也絕對不是一個沒有良知且容易受人欺騙的孩子，雖然我在很多時候都沒有跟隨自己的直覺本能去做。

在我看來，所謂的宗教情感就其最簡單的定義，就是感受到神性存在的一種情感。踐行宗教的教義，就是要有意識地維持與神性存在之間的和諧與平衡。但是，這樣的情感是我所缺乏的，我接受上帝存在的這一事實，就好比我接受歷史與地理知識存在一樣。但是，如果我可以坦率且不帶任何褻瀆情感地說，我對上帝的概念其實就是從《聖經·舊約》裡獲得。大家都知道，《聖經·舊約》是一本讀起來完全缺乏吸引力的作品。當我閱讀那本書的時候，我認為上帝是一個思想保守、具有強烈報復心理且缺乏仁慈的人，總是對一些小事斤斤計較，對人類表現出來的樂趣與幸福都表現出強烈的敵意。除此之外，在我看來，上帝還會對那些違背他宗旨的人進行強烈的報復，從而讓他對人類實行某種強制性的自律。在年幼的我

看來，上帝絕對不是一個帶來簡單快樂的人 —— 無法帶來任何光明與溫暖，無法帶來任何食物與充足的睡眠，無法讓人類去感受內在的好奇心以及散發出芳香的花朵，無法創造出任何美麗的灌木叢或是樹木，無法創造出任何帶角的動物或是體型各異的昆蟲。考慮到一個孩子對這些事物的看法，認為上帝對我們人類並不是非常友善的想法就會從我的心底裡冒出來。我也很難理解為什麼人們會將那些最簡單的樂趣、豐富的物質生活以及生命本身都與上帝的思想連繫在一起。當我們談論一個玩具的時候，大人們都會說：「這是上帝賜給你的。」當我們感受到一些家庭的喜悅時，大人們會說：「上帝希望你在今天能夠感受到快樂。」 —— 在我看來，我們不應該有那麼多關於「上帝意志」的沉悶哲學，也不應該在喪親或是遭受痛苦的時候，將上帝的意志融入進去。如果我們只能感受到約伯的存在，那麼賜給我們所有一切美好東西的上帝，也必然能夠賜給我們所有邪惡或是不好的東西。我們在成長的過程中就意識到一點，當我們生命中絕大部分的東西都是由有趣且美好的事物組成的時候，當我們緊緊地抓住生命這根繩索，將感受幸福的希望當成一種正確的本能，那麼我們所感受到的一切痛苦與苦難，最後都必然能夠轉化成為一

種人生的樂趣。

　　雖然我也非常喜歡一些宗教儀式，但這樣的喜歡對我日常生活的行為不會帶來任何影響。事實上，我從來都不認為，這樣的宗教儀式會對我們的日常行為產生任何影響。在我還是個孩子的時候，宗教儀式始終都不是一種讓生命充滿神聖的嚴肅行為，或者說這樣的宗教儀式本身就沒有任何力量可言，只是僅僅代表著一種儀式而已，讓一些真正相信宗教的人從中獲得一些樂趣或是內心的滿足感罷了。

　　教堂始終是一個可以讓我感受到樂趣的地方。我喜歡教堂裡面的舞臺表演，喜歡教堂的木製屋頂，喜歡關於末日論的思想，喜歡觀察那些彩色玻璃，還有那高高的石柱，還有坐下去十分舒服的靠背長凳，還有一些用紅色筆水書寫的祈禱書。我喜歡聆聽教堂裡奏起的音樂，喜歡牧師們的行為 —— 所有這些都會對我產生一種非常明確的審美感受。除此之外，對於當時目不轉睛的我來說，很多前來教堂參加禮拜的教會成員所表現出來的特別之處，也深深地吸引著我：一個老人的臉頰就像蘋果那樣紅，他穿著長罩衣，穿著一雙走路發出嘎吱嘎吱聲響的長筒靴子。那位教堂司事則留著山羊鬍，那位法務官在歌唱頌歌的時

候，發出的聲音就像綿羊那樣低沉。那位聲音嘶啞的男高音似乎只是在不斷地重複著一個母音的發音，那位穿著紫色絲綢衣服的貴婦坐在靠背長凳上，認真地閱讀著讚美詩篇，然後帶著一雙金色眼鏡認真閱讀著她手上的祈禱書，似乎正懷著某種天然的好奇心在翻看。在我幼小的觀察能力裡，所有這樣的景象都是「那麼的有趣」。因此，教堂就成為了一個我相對願意前去的地方，我也能從中感受到許多樂趣。當我來到教堂之後，透過這樣有趣的觀察，能夠讓我在其他孩子都感受無聊的時候，發現一些非常有趣的東西。

在我上學讀書之後，在宗教領域上這些空虛唯美主義依然是存在的。關於我產生這樣的思想或是背後的原則，我也無法去追溯。誠然，我還記得自己在某件事上，曾希望透過祈禱的方式來幫助自己。在我就讀的那所位於郊區的私立學校裡，我被安排在一個很大的學生宿舍裡居住。對我來說，這是一個完全陌生的生活環境，讓我不再能夠隱藏個人的祕密，也沒有了之前保母認真的照顧，這需要我在大約 50 個男孩子面前脫衣服洗澡，然後上床睡覺。對我來說，融入這個世界的方式是如此的粗暴。有時，當我回想起當時幼小的心靈所感受到的無助與絕望的情感是那

麼的強烈。即便是在任何心智成熟的人看來，我當時所處
的環境也絕不是田園牧歌式的美好。但是，當我痛苦地蜷
縮在床上的時候，當我準備讓自己縮進被窩裡面的時候，
我發現就連粗糙的被子也會讓我的肌膚感到難受 —— 一
些淘氣的人將一隻鞋子扔向我。從那之後，我每個晚上都
祈禱以後再也不要發生這樣的事情了，希望為那些欺負我
的人或是說我壞話的人進行代禱，這讓我的內心感受到非
常苦悶，因為我知道這樣做是非常不恰當的。

　　沒過多久，我就被轉到了一所公立學校，我非常享受
這裡安靜平凡的學習生活。此時，宗教對我而言依然是一
種普通的情感而已。身為高年級的學生，我們組成了一個
唱詩班，練習音樂的過程帶給我很多樂趣。我喜歡教堂黑
壓壓的屋頂以及風管發出的轟鳴聲。即便現在，我依然能
夠回想起，當時每天欣賞都鐸王朝美麗建築的線條而感到
高興，我依然還記得許許多多簇擁在一起的標杆從人行道
一直延伸到屋頂。我對這個地方的考古以及歷史知識都不
是很熟悉。但這個古老地方的優雅、散發出歷史氣息的磚
牆、在紫色草地上生長出來的景天屬植物沿著坍塌的石頭
上生長，古代食堂的標杆上沾滿了歲月的灰塵 —— 所有
這些，我都認真地記在腦海裡，每當回想起的時候，內心

都會感到莫名的興奮。

　　即便這樣，我依然沒有產生任何現實感的觸動。對我來說，人生就像一場不斷移動的盛會。我在其中扮演著屬於自己的一個卑微角色。我從來不會故意冒犯別人，對我來說，我要做的工作也是十分輕鬆的。我擁有一些很親密隨和的朋友，希望能夠在慵懶的時光裡，慢慢地完成一些讓人厭惡的職責。

　　大約在我 16 歲的時候，我與一位高教會派的助理牧師成為了朋友，我是在假期的時候認識這位助理牧師的。當時，他所工作的地方距離我的學校是很遠的。當時，他被分派到倫敦一座規模較大的教堂，這座教堂主要是進行一些十分華麗的宗教儀式。我經常會在學校放假的時候前去找他聊天，有時甚至會在假期開始的幾天或是最後的幾天裡，前去他家與他聊天。現在回過頭想的時候，我認為他似乎是一個有點呆滯與多愁善感的人，但我從他身上學到了關於禮拜儀式的真正熱愛。我還曾小心翼翼地親自用紅色筆在祈禱書上寫下自己的感想 —— 雖然我不記得自己是否經常會這樣做 —— 但對我來說，這更多變成了一種儀式感。在很長一段時間裡，我都想過以後要接受聖職。我還記得，當我某次拜訪這位助理牧師的時候，我看到

了他正沿著一個石砌講臺慢慢地往上走，頭上戴著一條圖案古怪的頭巾。他跟我說，這是一條古代圖案的頭巾。我現在都還記得，他的布道演說不僅在語言還是思想上，都是相當可悲的。但在當時的我看來，這些似乎都不是要關注的重點。對我來說，核心的事實就是當他站在布道講臺上，似乎就被賦予了一種神性的莊嚴情感，然後用優雅的舉止發表著一些誇張的布道演說。

我還在學校的時候，我就在放假的時候悄悄前去參加這些大教堂進行的禮拜儀式，最後教堂的司事與一些牧師都認識我。我認為，倘若我日後的目標是要成為大主教的話，那麼這樣的事實就可以被引述為我從小就是一個有著虔誠宗教信仰的證據。但對我來說，這純粹只是自娛自樂的一種方式而已。我坦白地說，我從小到大都從沒有想過要成為一名神職人員，所謂的宗教情感也是時有時無。我喜歡參加一些宗教儀式，我卻又不會被這些宗教儀式所感染，有時甚至會以冷漠的態度看待這些宗教儀式。我就是懷著消遣的心態去看待這樣的宗教儀式，當然我也能夠以沉默的方式去觀察那些精心準備的宗教儀式。除了這樣的宗教儀式讓我的內心感到些許的樂趣之外，我不認為這會對我的現實生活產生任何影響。當然，在某個時刻，這樣

的宗教情感會讓我平靜且滿足的生活帶來一些充滿活力的氣息，就像微風吹過平靜的水面泛起陣陣漣漪。假期時，我有時會與一位年老的教區牧師待在一起，他是我母親的朋友，在倫敦擔任牧師，他將自己的人生都投入到幫助別人感受光明，他的確是一個消除了自我意識的人 —— 在我看來，這種奉承所帶來的結果，就是讓神性的影響蒙上了陰影。他有一種能以簡樸或是美好的方式談論神性事物的天賦 —— 事實上，他似乎對其他所有事情都不是很感興趣。要是你與他談論關於書籍或是政治方面的話題，他總是很有禮貌地耐心聆聽著。但是，當他談論自己的時候，卻從來不會擺出教條主義的口吻，而是會面帶微笑，耐心地與其他人講述自己的一些人生經驗，希望能夠獲得他們的認同。雖然我當時只是一個笨拙的男孩，但他還是會以非常溫順的方式對待我。在他離開的那天早上，他懷著愉悅的心情懇求我陪他走上一小段路。在路上，他跟我談論了他耶穌基督在日常生活所帶來的神聖影響。現在，當我回想起這件事的時候，才發現他是在希望我能夠加入基督教，但我卻沒有什麼可以回報他的。他用一本正經的口吻對我說，如果我以後在精神思想方面需要什麼幫助，可以隨時找他幫忙。我還記得當他這樣說的時候，沒有任

何高傲的姿態,而是像一個年老的忠實門徒,正在面臨著
一個相似的困境,只是他比我更加靠近人生的「溪谷」而
已。最後,他將我帶到了他的房間,然後在我旁邊跪下
來,接著用非常簡樸的語句以及飽滿的情感進行祈禱,希
望我可以透過對耶穌基督的了解,從而更好地豐富自己。
接著,他將雙手放在我的頭上,給予我深情的祝福。在接
下來的幾天乃至幾週時間裡,我的腦海裡一直迴盪著他的
這句話與給予我的祝福。但是,我始終都沒有變成他希望
我成為的那個樣子。當我的內心感到困惑迷惘的時候,雖
然我也會在好幾天裡連續進行祈禱,希望真理能夠降臨在
我身上,但是這樣的宗教種子彷彿播種在一片乾燥的土壤
上,很快就被日常生活中更多柔和的情感所烤焦了。

　　雖然我是帶著悲傷的情感這樣說的,但我認為那位牧
師不應該在我那麼年輕的時候,說那些關於宗教的道理給
我聽,因為我那個時候根本無法明白其中的奧妙。我在日
常生活中感受的歡樂、樂趣、興趣以及我想要獲得神性眷
顧與鼓舞的念頭,並沒有因為他的教導而變得更加強烈。
他將自己的人生與特質都完全屈服於一個目標,然後拋開
自己的個性所具有的偏見以及強烈的興趣(假如他曾經有
這樣的偏見與強烈的興趣,我懷疑他是否同樣拋棄了自己

的想像力,放棄了所有充滿能量的希望,無法感受到那種
真正的男人氣概所帶來的美感)。

第九章

第十章

　　在接下來的學生生涯裡，我的人生觀點都沒有出現任何重大的改變。我在競技體育、受人歡迎以及學習方面都做的不錯。我相當輕鬆地贏得了劍橋大學頒發的獎學金。

　　之後，我的人生就開啟了劍橋大學的生涯。我在上文部分談到了我的智趣與社交生活，那麼我接下來將談論我在宗教思想方面的重要發展。

　　我的生活幾乎變成了一種純粹的自私行為。我對學業

層面上的榮譽不是非常看重,雖然我想確保自己的成績是名列前茅的。但是,我急切地想要在社交與文學領域獲得一些名聲,然後讓自己沉浸在對所處環境的夢幻想像當中,感受藝術所帶來的那種激動人心的美好感覺。

我經常會想,我人生中那些最為關鍵的時刻,或者是最難以克服的危機是如何以一種奇怪或是祕密的方式降臨到我頭上的。當我回顧 40 年前的事情時,我可以深思熟慮地說,我的每一天都充滿著命運的控制,每個時刻都似乎會有厄運的降臨,正如每一天似乎都來的那麼快,去的那麼快,讓人可以忽視一天的每一個小時 —— 當我在某個時刻產生了這樣的念頭,就會受到一種社交好奇心的驅使,然後走進痛苦的黑暗世界裡。我會感覺自己獲得了新生!我會感覺自己的每一天就像海浪那樣潮起潮落,充滿了太多的突然性、不可預期性,無法對下一步進行任何的猜測,而只是能跟隨著絕望的漩渦不停地翻滾。每一個小時,我都可能從之前那位無憂無慮的男孩變成一個滿心煩惱的男人。至於我是多麼容易從一個滿心煩惱的男人變成一個無憂無慮的男孩,我就不敢保證了。

這是普通的一天。我在一個寒冷的小教堂裡參加了晨禱儀式之後,就聽到一些聲音尖銳的人用嘎吱的聲音閱讀

著一些內容。我完成了一些工作之後，在下午的時候與一位朋友外出散步。我們談論了各自的計畫 —— 談論了我們對未來的計劃以及想要成為怎樣的人。在經過過道之後，我前去餐館喝一杯咖啡，見到了裡面很多充滿朝氣的年輕人，此時一大群教會的著名人士都聚集在一起。我還記得，自己坐在一張舒適的沙發上。我後來買下了這張沙發，並且一直擁有到現在。我們的主人不經意地說了一位著名信仰復興運動人士在今晚的一個集會上發表演說。一些人說我們應該前去看看。我笑了起來，表示同意。這次集會是在小巷的一個大廳裡舉行的。我們一路上一邊笑，一邊聊天前去那裡，然後在擁擠的大廳裡坐了下來。首先出場的是一位助手，接著是一位福音傳道者擔任類似於領唱人的角色 —— 這是一個膽汁質（*Bilious Temperament*）類型的人，有著一頭黑髮，雙眼都被下垂的皺紋所包圍 —— 他走上前，做出一個虛情假意的手勢，然後前去一個腳踏式小風琴的位置，這個腳踏式小風琴放在距離臺下聽眾很近的位置，看上去演奏者與樂器似乎都要傾斜過來了。這樣的場景的確是十　分滑稽的。他用矯揉造作的方式轉動著眼珠，然後用手拉了一下幾根繩索，接著整個講臺就換了一個模樣。我聽到有人用甜蜜且具有力量的

第十章

聲音在歌唱，歌聲中那種簡樸情感與一種難以抑制的情感
結合起來。他歌唱著〈主尋亡羊歌〉。這個人的形象也與
之前發生了很大的變化。突然間，整個大廳死一般的寂
靜。我感覺自己的雙眼含著淚水，他之前那些讓人反感的
形象似乎都不見了，只讓人感到他是一個無比真誠的基督
教徒，他所歌唱的簡樸歌曲直抵人的心靈。

　　接著就是牧師出場了 —— 這是一位看上去表情陰
鬱，面容普通的人，身材很魁梧，但是臉上沒有露出其他
表情或是做出什麼手勢 —— 他就這樣走了上來。我不記
得他一開始說了些什麼，但是，當他說了 6 句話的時候，
我似乎感覺這個世界只剩下他與我存在了。我已經忘記了
他的這篇演說的詳細內容了。當他對罪惡進行了一番嚴厲
且憤怒的謾罵之後，他接著描述了一幅充滿神性且偉大的
生命，還談到了很多常見的脆弱情感 —— 其中就包括了
完全的自私情感，不願意服務這個社會，不願意做出犧
牲，只是追求當前的快感，在庸庸碌碌中慢慢地走向死亡
的邊緣等等。他說的每一句話都直抵我的靈魂深處。在我
看來，他似乎深入地探究了我的靈魂深處，他似乎能夠在
這場審判中進行非常詳細的分析，能夠將我內心最隱祕的
思想都全部展現出來。我不記得他所說的每一句話，但是

他的每一句話就像刀子那樣插在我的心裡。接著，他突然停頓了一下，然後用誇張的口吻談論了耶穌基督在十字架面前表現出來的那種尊嚴以及哀婉的情感，讓我們感受到耶穌基督那雙流血的雙手以及慢慢失去神色的雙眼，讓我們感受到耶穌那顆寬廣包容的心靈。「請接受他吧！」他大聲地說，「在這個時刻，在眨眼的一瞬間，你們可以變成他，在他的懷抱裡安息 —— 將所有的罪惡與自私都放在他的腳下。」

當他這樣說的時候，雖然我的內心因為悔悟與痛苦而感到無比刺痛，我知道他說的並不是我……他表示希望所有想要成為基督徒的年輕人，與他一起進行祈禱。我驚訝地看到，很多年輕人，甚至連我那些原本漫不經心且憤世嫉俗的朋友 —— 都站在講臺上，但我卻悄悄地溜了出來，我感覺自己就像被某人突然打了一拳，感覺到大腦有點昏眩。我還記得，我的大學老師跟我一起出來，他讚揚了這位牧師流暢的演說，為我對此沒有什麼感覺而感到驚訝。但是，我當時唯一的想法就是離開那裡，獨自一人冷靜一下。我感覺自己就像一個受傷的動物，只能在孤獨中慢慢地匍匐前進。我回到了自己的宿舍，整個晚上都進行長時間痛苦的祈禱。最後我實在是感到無比疲倦了，就陷

第十章

入了夢鄉當中。

　　當我在天還沒有亮起來的時候醒來時，我感覺到內心充滿著一種無依無靠的恐懼感。我還要說，在接下來的幾週裡，我感到非常的難受，我感覺自己的身體與精神都遭受著痛苦，而且這樣的痛苦也許要比我所了解的程度還要更深。於是，我認真閱讀相關的書籍，讓自己以之前所沒有的能量去閱讀數百個全新的思想與觀點。在接下來的幾週裡，我都曾試過看著看著突然睡覺的情況，這也讓我知道自己的神經實在繃得太緊了。但是，每一種精神層面上的痛苦似乎都在困擾著我 —— 其中就包括了難以忍受的沮喪感、揮之不去的悔恨感，夜半驚醒的恐懼感。在這樣的情況下，我耽擱了自己的學業。我每天都在認真地閱讀《聖經》，幾乎在每個醒來的小時裡都在心底裡暗暗地進行祈禱。有時，我的沮喪感就像貓捉老鼠那樣，會短暫地從我的腦海裡消失，接著在我參加社交活動或是一些無傷大雅的遊戲時，突然出現在我的腦海裡，讓原本的臉色突然變得陰沉，讓我臉上的微笑突然消失。

　　在接下來的幾個星期裡，我感覺自己差不多都要瘋掉了。在此，我要記錄兩個較為奇怪的事實。某天，當我的內心感到煩躁不安，看不到任何出路的時候 —— 因為

我的祈禱還是像往常一樣，依然沒有帶給我任何積極的效果。我感覺就像置身於一個怪石嶙峋的懸崖邊，看著下面洶湧拍岸的海浪，靈魂感受不到任何的希望或是安慰 —— 我寫了兩封信，其中一封信是寫給一位著名的羅馬天主教徒，我之前從他的布道演說中得到了一些安慰。另一封信則是寫給我在上文已經提到的那位老朋友。兩天後，我收到了他們的回信。那位羅馬天主教徒的回信並沒有讓我的內心感到輕鬆一些，反而讓我感到更加不安與困惑 —— 我唯一的出路就是讓自己沿著正確的方向前進，但他卻沒有看到我有這樣的想法。顯然，我在給他的信件裡，一直都不敢向他直接透露我感覺自己所犯下的罪惡。我懷著絕望的心情將他的回信燒掉了。那位老朋友在給我的回信裡表示，希望能與我約好一個見面的時間，說他完全理解我現在感到的精神痛苦，並說他相信我得祈禱肯定能夠起到幫助的。

　　我很快就前去倫敦廣場一間非常昏暗的房間見到了他。他非常耐心地聆聽了我的訴說。當他聽完我的傾訴之後，安慰我說並不是只有我一個人才有這樣的想法，對很多人來說，都會感受到這種精神迷惘所帶來的巨大痛苦 —— 在種子生根發芽之前，必然要經過一番痛苦的掙

扎。除此之外，他還跟我說了很多讓我的內心感到寬慰的
話語。

　　他給我指出了一些前進的方向。雖然我必須要坦誠一
點，自己並沒有沿著他所指的方向走很長一段時間 ──
我知道自己的靈魂最後肯定能夠找到一條正確的道路，
必然能夠在怪石嶙峋的懸崖上找到一條回到平原的道
路 ── 但不管怎麼說，他的引導還是讓我的心靈回復到
較沉靜且淡然的狀態。他教會我一點，絕對不要想一下子
就能找到正確的道路，而且我內心那種長時間形成的冷漠
以及習慣性的自我欺騙必須要慢慢地清除。我始終對他給
予我充滿愛意的指引以及幫助心存感激，因為正是他的幫
助，讓我慢慢找尋一條讓內心獲得自由且感受到上帝真正
愛意的途徑。

第十一章

　　當我某天醒來的時候，突然發現自己急切需要擁抱某一種信仰，依賴某一種人生原則，遵循控制著靈魂的柔和力量時，我就懷著滿腔熱情去閱讀很多神學理論。我這樣做並不是要讓自己變得更加博學，掌握更多宗教方面的知識，而是為了能夠更好地了解生命的源泉。當我說自己經歷了一個精神幻滅的階段時，是否顯得較為自大呢？在人生純粹的源泉裡，我發現了很多紛爭與痛苦的痕跡。我對

第十一章

前輩們做出的種種行為都表現出了自己的真誠與熱情，但我對於這樣被動地獲取知識是不滿意的。我想要看到他們那雙閃亮的眼睛，希望慢慢地從泥潭的邊緣上爬出來，讓之前因為紛爭而變得渾濁的水源重新清澈起來，好讓我品嘗一口。這樣的感覺就像夏日晚上的一群牛，似乎站在池塘邊認真地思考著什麼，根本不知道它們接下來喝水的行為會讓池塘的水變得渾濁起來。還有一些人在池塘旁邊搭建起了貨攤，售賣著古代名人的一些手稿。這些人對任何將這個池塘的水攪得渾濁的行為都感到非常不滿。看來對那些徒步旅行者來說，他們沒有發揮的多餘空間，而很多站在旁邊的人們似乎都顯得軟弱無力。

還是不要使用這樣的暗喻吧。總之，我覺得很多人的評論都是在混淆我的思想，而不是指引我找尋到一條正確的道路。我想要追求的目標，就是要認清楚自己的特質，然後將內心關於耶穌基督的思想神聖化，希望在閱讀保羅那充滿熱情的演說之後內心充滿力量。很多評論家都是非常勤奮且具有耐心的人。但在我看來，他們似乎在用柵欄將一些法則圍繞起來，然後扭曲了這些法則所呈現出來的形態。我想要了解以不同形態呈現出來的宗教思想。很多閱讀普羅達哥拉斯所寫的《柏拉圖》的讀者都會記得，這

位偉大的哲學家是如何坐在一個小地毯與被單的中央上發表演說，他始終表現的那麼愉悅，他發出的美妙聲音充斥著修道院的拱門，給人非常強烈的壓迫感。我發現自己與普羅達哥拉斯的那些忠實門徒處在相同的位置。我一直都想要聽到這樣的聲音，想要表達出自己的想法，但是這樣的聲音必須要穿透這些人層層包裹的偽裝才能展現出他們真正的熱情，否則就會讓我們懷著錯誤的崇敬之心去面對很多真實的神諭。

　　不久前，一位智者對我說，當代教育體制的一大弊端就是認為知識應該要被當成一種籌碼。很多學習者的目標似乎並不是真正去掌握某些知識，不是想要透過追尋知識的過程去增強自己的心智慧力，而是想要將擁有知識視為獲得某些財富的途徑，然後在獲得財富與名聲之後，卻不願意讓後來人追隨他們的腳步。

　　這就是我所面臨的一個困境。我的書架上擺滿了很多書，每一所大學都會舉辦很多演說，就像寒鴉那樣鴉叫聲，又像那些莊嚴的塔樓發出鏗鏘聲。在某個時期裡，我經常會帶上筆記本，去聆聽了一個又一個演說，記錄下了很多當時讓我感覺非常有用的格言以及名人名言。在我那本泛黃的筆記本上，寫滿了這樣的文字。當我回家後翻看

第十一章

這些筆記本的內容，希望能從他們的演說中汲取一些思想，但我卻發現自己所得到的只是一些皮毛而已，根本沒有什麼重要的思想內核。

當我感覺自己受到了欺騙之後，我決定離開大學，投入到現實的生活當中。我所從事的工作接下來會談到的，但我認為自己這樣的選擇是一種解脫。我開始感覺到，雖然我已經掌握了使用這樣的工具，但我距離要找尋真正的寶藏還有很長的一段路要走。

我之後找尋信仰道路的過程，是很難用文字詳細去描述的，但我可以簡單地進行概略。在經過了一段智趣層面上的思考之後，加上一些現實的踐行，這樣的實踐活動已經持續好幾年了。

我認為，自己慢慢地遠離了耶穌基督。我從一開始擁有的真正具有活力的信仰，就是本能地相信一種絕對的力量，相信天父具有著一種無限的能量。對我來說，天父就是一個全知全能的存在。正如人們經常說的，如果天父要釋放出自己的能量，那麼他的能量必然是征服一切且讓所有事物都屈服的。我就像被一種數學計算的方式指引著，想要了解天父是否是無處不在的。我想要知道，天父是否創造出了我們，是否會指引我們前進的道路。我想要知道

天父是否要為我們日常生活與思想中那些最為卑微與骯髒的行為負責。在我看來，除此之外，不可能還有其他的方式了。每一種思想與行為都必然是源於某個原因。在很多情況下，這可以歸結為發生在我們身外的事情或是內心的想法。在很多情況下，一個人似乎非常喜歡做出選擇的這種行為，他的選擇在現實生活中都要受到之前一些原因的限制。當我們對所有的原因進行一番分析，就會發現天父的行為最終還是可以進行預計的。因此，我漸漸意識到了，道德世界裡的罪惡以及生理層面上的疾病，這些都是永恆意志呈現出來的一些表象。如果天父想讓我充分享受人生的樂趣、行動的自由，那麼他就不會讓一些肉眼看不見的黴菌慢慢潛入了我們的身體，最後演變成癌症或是熱病等疾病？至於為什麼所有人的生命都應該要面臨這樣一場讓人感到恐懼的戰役，我也不知道。但是，如果我們能夠預計到這些古怪的元素所帶來的影響，意識到每個人的人生都會有高有低，難道我們還會說信仰的力量不會在他們的人生中占據重要的地位嗎？當有助於健康的藥物進入我們血液系統內，難道這不意味著我們在慢慢地摧毀自身的免疫系統嗎？難道我們不應該懷著更大的熱情去面對這一切，以一種必勝的態度去面對生命所帶來的那種本能快

樂。最後，我們應該懷著一種順從的態度去面對這一切，慢慢地沉入到睡眠的狀態。這一切都關乎平衡、紛爭與爭鬥。為什麼這樣的紛爭與戰鬥，這樣不容易獲得的勝利以及深沉的不安感覺會是天父賜給他所創造出來的人類呢？我也不知道其中的原因。但是，這代表著一種狀態，代表著他的一種心靈法則，我只能懷著虔誠的心去相信這點。當我們歌唱祝福的歌曲時，我總是會全身心地投入進去。我們必須要意識到，這歸根究底只是關於那些讓我們印象深刻、感到愉悅或是覺得有用的印象的一種選擇而已。我們所說的任何有害的東西都能在這樣的想法中找到根據，上帝也會寬恕我們。聖法蘭西斯的思想甚至更加激進，他讚美上帝是「陪伴在死神旁邊的姐妹」。但在宇宙更加龐大的祝福裡，這可以透過上帝的耳朵去進行聆聽。那些熱病、瘟疫、眼鏡蛇與墳墓中的蠕蟲都會發出它們的聲音。誰能說天父沒有聽到它們的聲音呢？

　　如果一個人相信幸福的感覺會一點一滴地慢慢消失，認為這是一場必輸無疑的競賽，那麼我們除了選擇相信禁欲主義的思想，讓自己的心靈變得堅硬麻木之外，沒有其他的選擇。但是，倘若我們真正去觀察生活，就會發現幸福快樂的部分要遠遠超越了痛苦的部分 —— 生命中散發

出來的健康能量、美好的責任、安靜的行為 —— 當我們
看到並感受到這些之後，就會再次感受到希望與歡樂，再
一次努力去戰勝自身的弱點以及疲憊的心靈：當我們看到
其他人表現出來的無私精神，那麼這樣熱烈的情感就會
減輕別人所背負的重任，讓他們能夠更好地背負自己的責
任。要是我們放任自己去相信天父的唯一目標，就是要為
所有人創造出終極的興趣，那麼這其實是一種缺乏信仰的
表演。天父會賜給我們每一個人獨特的能力，讓他們在各
自的人生中去感受這個美好精緻的世界，最後讓他們懷著
順從的心態，將他們手上的力量重新至於天父的手上。

　　如果我可以指出的話，這種信念的錯誤就在於，其所
設置的概念實在是太廣泛了，會讓人的心靈處於不受限制
的狀態。當我思考著這個地球上的大陸、島嶼、高山、平
原以及所有具有人類歷史的地方，那些被野蠻怪獸的殘
骸，那些隨著時間慢慢生鏽的船隻時，潮起潮落的海水似
乎在慢慢淹沒了所有神祕的生命，形成了隆起的山脈。當
我意識到即便是在這個世界上，當我們對生命進行無窮無
盡的記錄，相比於整個宇宙的生命紀錄來說，也只不過是
一個小小的塵埃而已。在宇宙中的其他地方，可能也會出
現成千上萬過類似於我們的太陽，也會有很多衛星圍繞著

第十一章

這樣的太陽。在那樣的空間裡，也許同樣存在著生命的蹤影 —— 即便是在那麼炎熱的地方，那些生物似乎依然能夠表現出巨人般的力量，忍受著痛苦與死亡 —— 當人們產生這樣的思想之後，不禁會感到頭腦一陣暈眩。但是，這一切宏大的世界都是在天父的心智裡面。當我意識到自己的生命與能量的微觀世界之後，每當產生這樣的念頭，都會出現感覺自己渾身麻痺，無法動彈。在我看來，當人們面對這樣的景象時，是很難相信每一個個體生命會具有什麼樣明確的重要性，而選擇放棄自己所有努力的誘惑是那麼的強烈。這樣的想法會讓人懷著非常安逸與輕鬆地心態在小溪上游泳，直到最後陷入萬丈深淵。

第十二章

　　在面對這樣一種讓人癱瘓的思想時，兩種信念拯救了我。

　　我必須要承認，第一種信念是源於對上帝的精神，對內在神聖的思想，而不是源於對外在世界的任何沉思。因為對外在世界的沉思似乎會指向另一個完全相反的理想。但是，相比於外在世界呈現出來讓人困惑的現象，更為真實的是我們內在的聲音。這是一種在經歷了狂風暴雨之

後，在安靜的獨處時所聆聽到的靈魂聲音。這種靈魂的聲音是每個人都可以聆聽到的，並不需要以任何可見的形式呈現出來。每個人都需要表達出自己的真實想法，但是現實的經驗卻禁止我們質疑那些誘惑我們的東西。我們可以說，所謂的誘惑，就是讓我們的靈魂感到臉紅的東西，讓我們產生一種勝利的錯覺，最後卻要遭受嚴重的後果。當我們順從了這樣的誘惑，就必然要忍受心靈的煎熬，因為這樣的痛苦絕對不是身體層面上的，而是靈魂深處的。要想認真聆聽靈魂的聲音，就需要我們了解天父以及自己充滿情感的靈魂所發出的聲音，這也是我們獲得真實體驗與思想不可避免要經歷的結果。

接著，我們就會感受到真正的勝利信念，也許這樣的勝利信念一開始顯得十分軟弱，但是這樣的思想會慢慢成型。每個人在靈魂深處對上帝的態度，絕不應該是一種可有可無的尊敬，而應該是一種無與倫比的敬畏，一種謙卑的崇拜。這樣的信念所帶來的那種確信的情感，代表著一種個人的連繫 —— 我們可以直接與上帝進行交流，與祂對話，或是拜訪祂。用通俗的話來說，就是我們可以將自己的雙手放在祂的雙手上，然後遵循著祂的意志前進。

接著，我們就更進一步了。在對人性的運行機制進行

了一番研究之後，我們就會發現人類存在著很多救贖者。
比如佛祖、蘇格拉底、默罕默德、孔子、莎士比亞等救贖
者。我們也會慢慢了解自制力與和解的祕密，慢慢地了解
在加利利上的耶穌是如何透過內在的精神去啟迪世人的。
人類另一些偉大的老師似乎將整個世界納入自己的心靈，
然後進行歸納演繹。他們透過難以言喻的天賦從混亂中看
到了秩序，創造出了一些睿智且溫和的計畫。但是，耶穌
基督則是完全不同的，雖然我長久以來都都抵制這樣的信
念。耶穌基督來到這個世界上，並不是透過觀察與思考去
表達自己的觀點，而是作為從一個某個祕密地方來到這個
世界上的訪客，他從一開始就知道了真理，根本不需要對
真理進行任何的猜測。我不需要談及他的那些記錄者，
那些福音書的作者無法完美地將他的真理闡述出來。耶穌
有著一種不可言喻的偉大 —— 否則我們根本無法進行解
釋。其實，根本不存在任何的神祕，所謂的神祕也只不過
是對生命的一種簡樸觀點。這樣一種關於看待事情的基本
概念，往往能夠讓我們感受到最宏大的真相，真切地感受
到耶穌嫉妒的言行代表著真正意義上的神性存在。當祂在
與人類進行交流的時候，並不是源於自己精神世界的一些
想法，是將上帝的一些真實思想都說出來了。在《聖經》

的寓言故事裡，我們可以看到諸如祂為那位麻風乞丐籌集
金錢，或是在中午的時候，站在敘加（撒瑪利亞的一座古
城）路旁的一個水井邊向人們表達自己的思想。但是，無
論後世人以怎樣的方式去記錄耶穌說出這些思想時的莊嚴
與神聖，都是無法將其真實的原貌呈現出來。在聖約翰的
紀錄裡，悲劇慢慢地降臨在耶穌基督身上。聖約翰描述了
耶穌接受審判以及最後受死的過程，讓世人明白了這樣一
個事實，即任何凡人都不可能以那樣平靜溫和的態度去面
對死亡。只有上帝之子耶穌基督才能以如此無私的方式去
忍受痛苦，為人類的罪惡去贖罪。

　　因此，當旅行者前往世界各地旅行，看到了不同城市
的不同人群，參觀了壯觀的宮殿，欣賞了充滿美感的藝術
作品，懷著孤獨的情感攀登一座座高山，或是欣賞蔚藍色
大海上的一座座綠色的小島，最後回到自己那間古老狹隘
的房子裡，履行著屬於自己的人生責任，與熟悉的朋友們
一起聊天。此時，你會發現雖然他們是那麼的平凡樸素，
卻是你的精神世界真正的港灣。因此，在經歷了一段漫長
疲憊的朝聖之旅之後，靈魂就會懷著喜悅寬慰的心情回歸
到了原點，同時對孩童時期的古老信念充滿著一種渴望的
溫柔。我們會摒棄一切驕傲與頑固的心理，拒絕任何軟弱

或是褪色的東西。我們會發現，在歷經了無窮無盡的煩惱與疲憊之後，我們能夠重新去感悟之前已經了解過的道理。雖然那些漫遊世界的人欣賞了這個世界，開挖了許多條河道，進行商品的對外貿易。但是，真正的無價之寶，真正的寶石卻是埋在他的花園裡，並且寫上了他的全新名字。

第十二章

第十三章

　　我不需要詳細闡述我在大學畢業之後那段時期的生活。在經過一番思考與猶豫之後，我決定進入政府機構工作，並獲得了一個卑微的職位。我覺得這份工作也不是毫無趣味可言的，但也著實沒有什麼特別值得說的。我掌握了如何做好這份工作的一些知識，掌握了一些處理緊急事情的實際能力，了解了司法流程，還對官場上的一些人性有所了解。

第十三章

　　從智趣與道德層面上來看，我的這段時期處於一種停滯狀態。在這段時間，我感覺自己的心理與道德都處於一種混亂的狀態，整個人感覺到不安與躁動。我安靜的本性會讓我保持一種沉默的狀態，當然絕大多數時候這都是一種憂鬱的沉默，因為我感覺自己似乎沒有了足夠的能力去實現自己的希望與計畫。與此同時，我感覺自己在漫無目的地浪費著時間。可以說，我感覺自己的人生似乎建立在一個毫無根基可言的基礎之上。當我沉浸在一些暗喻裡面的時候，我感覺自己就像一條想要一口吃掉一頭四足動物的蛇，需要長時間進行消化。在那個時候，我沒有意識到這點。我只是感覺自己在不經意間消耗著時間。我對米爾頓說的這句話深有共鳴：

　　「時間流逝得多麼快，悄悄地帶走了青春，

　　然後張開翅膀，讓我瞬間就度過了 60 歲的年華。」

　　不過，除了我在青春時期所感到的不安與厭煩之外，我沒有足夠平靜的心態去像米爾頓創作出那些傑出的十四行詩。

　　與此同時，我開始對文學創作產生了濃厚的興趣。在這方面上，我表現出了極大的耐心。我私底下寫了不少文

章自娛自樂，還練習了一些表達方法，卻從來沒有想過要出版這些文章。我曾將自己寫好的一篇文章寄給一位著名的編輯，這位編輯之後很友好地將這篇文章寄回給我，並在信中表示他認真地閱讀了我的文章。他認為有義務跟我說，我的文章裡「有太多的調味料，卻沒有一點肉」。這位編輯給予的友善且富於見解的建議對我產生了很大的影響。當時，我就下定決心，一定要更多地觀察生活，感受生活的細節，絕對不要進行一些毫無根據的歸納，或是隨意地跟別人說什麼才是生活的藝術。抱著這樣的理念，我在寫作方面得到了很大的進步，並形成了自己的一套寫作理論，之後我都是按照這套理論去進行寫作的。我認為，寫作只是一件將內心想要說出來的話寫出來而已的事。我覺得，如果一個人真的想要創作出一部作品，無論是詩歌、散文、小說或是其他的體裁的作品，無論他在其他工作上多麼地繁忙或是過著多麼單調的生活，他還是能夠抽出時間去進行創作的。因為這樣的創作能夠讓他感受到樂趣，他會自然而然地騰出一些專門用於寫作的時間，絕對不會白白浪費這些對他來說是充滿吸引力的寫作時間。每當他獲得了一些閒暇時間，那麼他的心智就會像一位堅守崗位的職員那樣，迅速投入到自己心愛的寫作當中。當這

樣的情況日復一日，週復一週地出現時，那麼他的創作累積就會變得非常驚人。

因此，我漸漸感覺到，要想完成一部代表作，我也許就需要認真地執行這樣的計畫。與此同時，我要保持足夠強大的自尊，不要因為理想的破滅而感到內心痛苦，不要強迫自己特地去寫一些什麼，只需要按照自己的心意去進行創作，表達自己對這個世界的看法即可。

與此同時，我過著相對孤獨的生活，只有兩三個較為親密的朋友。我從來都不在乎倫敦那邊的生活，但是否認倫敦這座城市的魅力，也是非常不客觀的。首先，這是一座充滿震驚與出人意料美感的城市 —— 有時，這樣的美感是以高貴的形式呈現出來，有時則是以宏偉的方式呈現出來，比如當夕陽慢慢進入一團烏雲裡面的景象，還有一排排的屋頂與城鎮的住宅在地平線上變得越來越渺小的壯麗景象。有時，一些更小的事物也會呈現出美感，雖然這樣的美感可能沒有那些宏大的美感那麼吸引人。很多時候，人類對美感的欣賞都過分保守了，他們忽略了倫敦這座城市整個畫面，忽略了整座城市的輪廓線，沒有注意到每座房屋的建築以及大街的盡頭，這些地方都能夠引發我們的想像。鄉村地區的花朵與在一些意想不到的地方出現

的灌木叢呈現出來的美麗圖案，一條看似沉悶大街上的一些綠色葉子，都能夠讓人感受到美感的存在。除了自然的美感之外，還有人性所散發出來的那種更為宏大、讓人難以置信且美好的美感。人們表現出了很多哀婉、渴望與追求美好的情感。關於這方面，我沒有什麼好說的。因為這樣的情感始終都深深打動著我，有時甚至會讓我產生一種恐懼感。我認為，這樣的情感總能吸引我的關注。在我所觀察的人當中，我從未感覺自己會與他們是一體的，也就是說，我從未感覺自己與他們是一條船上的人。當我對這樣的事實進行沉思，想像到自己是數百萬人中的一個，這不會給我帶來一種激勵的情感，反而讓我感到非常恥辱。這樣的想法會讓我感受不到個體存在所帶來的樂趣，讓整個人的靈魂都陷入一種黑暗僵硬的束縛裡面。在我每天經過倫敦這座城市的時候，很難見到一個想要拓展心靈且充滿想像力的人。一次次的失望之後，我最後只能採取一種默認接受的態度。這樣粗暴的事實讓我明白了一點，那就是每個人都是那麼的軟弱、普通與冷漠。雖然對每種形態的人性進行觀察是非常有趣、讓人困惑、讓人興奮與震撼人心的 —— 但是，當一個人不懷著任何希望的時候，卻發現了突如其來的美感或是善意之後，那樣的激動心情是

難以名狀的。我充分意識到，城市生活會對我的意識產生
一種麻木的影響，為我的思想與生活帶來更多的障礙，而
不是帶來更多的促進。

　　不過，從其他方面來看，這段時期還是非常具有價值
的 —— 這讓我變得更加務實，而不是像以往那樣仍然抱
著自己的幻想去看待問題，讓我變得更加警覺，而不是沉
浸在自己的白日夢裡。這讓我了解到之前根本不了解的事
物，讓我掌握了更好掌握事情核心的能力，不會因為其他
一些不重要的細節而失去對核心問題的關注。這段時期的
經歷讓我走出了之前一直所處的「業餘」心態 —— 除此之
外，這段時期還讓我明白了一個深刻的道理，即文學作品
與藝術在絕大多數人的生活中扮演著不是很重要的地位，
這是讓我甚為感激的。絕大多數人都對於所謂的嚴肅文學
沒有什麼概念，只是將這些作品視為一種閒暇時候的消遣
讀物而已。在這方面，他們不會做出什麼批判性的評論，
也不會有自己的什麼判斷。但是，相比於藝術創造者本身
缺乏足夠的視野與開闊的胸襟，絕大多數讀者的敷衍態度
還不是最重要的。我的意思是，很多作家都將藝術創作
上升到了一個關乎國家榮譽的高度，甚至認為文學作品必
須要在道德層面上具有感召力。這樣的作家肯定會心安理

得地與那些文學「工匠」混在一起，認為他們的創作可能會改變這樣的情況，提升讀者的道德與思想境界，為讀者提供消遣的讀物，增強他們對美感的感受。但是，這些創作者必須要記住一點，他們不能想當然地認為自己創作出來的作品，就代表著生活最為基本與核心的部分。只有當人們最為基本的需求得到滿足之後，詩人與藝術家們才會說：「酒足飯飽之後，還是有請那位吟遊詩人吧。」

很多詩人與藝術家的生活與夏洛特夫人很相像，他們都在用顏色鮮豔的布料編織著一套衣服，但是他們想要談論的並不是生活本身，甚至也不是與大眾息息相關的生活，而是在談論著所謂的魔鏡。夏洛特夫人是一位更加隱居避世的人，她不喜歡與這個社會接觸，甚至不願意對這個社會進行觀察。因此，有時連一些作家都不相信自己所寫的一些內容，而是透過一些二手的資料去創作出一些充滿書呆子氣的書。我認為自己這樣說，絕不是要貶低藝術創作的這個職業，但藝術創作與其他的很多職業其實都是一樣的，只是表現的方式不大一樣的。當然，藝術創作也不會比這個世界上其他更為務實的工作高尚多少。

當這種危險的想法快要牢牢控制我的時候，我及時地掙脫出來了。有時，當一個人容易透過接觸平凡、直接或

是普通的世界，從而深信這樣的想法。

在某段時間裡，我也積極參加了一些社交活動。我父親的那些老朋友對我也非常友善。因此，我認識了這些非常有趣的人。我想要從這樣的圈子裡獲得一些有趣的見聞，但最後的結果確實讓我感到很不滿意的。我所進入的這個圈子裡的人都是一些官員 —— 他們在社會上從事著一些有趣的工作 —— 有的是律師，有的是政府官員、政客等等，這些都是深諳世事的人，同時對整個社會的形式有著較為深刻明確的認知。我從這些人身上了解了真實的政治與報紙上所寫的政治文章之間的巨大區別，也明白了民眾幾乎根本無法了解到真正的政治真相。

這個階段，我都是從一些十分溫和的事情中獲得一些樂趣的。我會在金端這個地方度過夏季的週末。到了冬天，我一般都是在自己的住所裡居住，然後將下午的空間時間用於在倫敦這座城市漫無目的散步上，有時甚至會前往倫敦郊區看看。我非常喜歡觀察那些室內建築的細節，並從這樣的觀察中獲得了很多樂趣。對於像我這樣一個品味不高的人來說，遊覽倫敦城是一件快樂的事情。對於那些具有更加強烈藝術標準的人看來，這可能是無法想像的。

這個階段，我沒有結交什麼親密的朋友，還是像之前在高中與大學時期那樣進行著一些社交活動。現在，我需要自力更生，靠自己的努力去做好一些事情了。有時，我認為這是為更好地迎接未來所做的一些積極準備。當然，我依然能夠從閱讀、孤獨的沉思以及冷靜的反省中得到一些樂趣，這樣的樂趣在我日後的歲月裡，給我帶來了許多好處。我經常會想，當我不得不要與其他人一起度過幾個小時之後，會更加希望獲得獨處的時間。至於我這樣的想是否健康或是自然的，我也不知道。但是，我的確是非常享受這樣的感覺。在這之後，我過了好幾年這樣獨處的生活。這既不會讓我感到懶散，也不會表現出一些病態的自我意識。我完全熟悉了自己的本職工作，慢慢習慣了身為一個單身的政府職員，從一個辦公室走到另一個辦公室的過程。要是我之前沒有培養這樣一種慵懶卻又讓自己感到愉悅的習慣，我肯定會在突然置身於一個不同的環境時，感到手足無措，非常不適應。

第十三章

第十四章

　　接下來，我必須要簡短敘述一下讓我過上目前這種生活的原因。在工作的半年時間裡，我一直感覺身體狀況不是很良好。我發現自己很容易感到身心疲憊，有時會感覺很興奮，有時則會感覺到非常的沮喪，有時晚上睡覺的時候很香，有時則是怎麼數綿羊都睡不著。最後，我感覺身體出現了一些疾病的徵兆，認為必須要去諮詢一下專業的醫生。於是，我前去當地一間診所找了一位醫生，這位醫

生對我說的一些話，讓我的內心感到非常不安。最後，他建議我前去找一位著名的醫生，我也照做了。

我依然對那一天前去找那位著名醫生的情景記憶深刻。我前去倫敦市區，來到了那位醫生的診所。這間有點昏暗的房間的牆壁上沒有門窗，桌子上擺放著許多有折痕的破舊醫學期刊，這些期刊都是談論著關於神經疾病方面的疾病。在經過了一番無聊沉悶的等待之後，那位著名醫生才叫我進入他的房間內。他看上去是一個非常冷靜沉穩的醫生，有著紅潤的臉頰，梳理整齊的頭髮，帶著一副鑲金邊的眼鏡，給人質樸與沉穩的感覺。他詢問了我幾個問題，對我的身體進行了一番詳細的醫學檢查，然後在藥單上寫著一些文字。最後，他的整個身體靠在椅子上，這帶給我一種不祥的預感。最後，他告訴我到底患上了什麼疾病。顯然，我的確是可能處於患上某種嚴重且危險的疾病的前兆，我必須要強制自己過上一種休養的生活。這位醫生在藥方上寫下了我應該吃些什麼，告訴我應該在一個最適合休養的環境下，過上健康安靜的生活。他詢問了我的工作與生活環境，我盡自己最大的努力控制緊張的情緒，淡定地告訴了他自己的相關情況。他對我說，我能夠及時前來就診還是非常幸運的。他說，我必須要立即辭掉目前

這份工作，強迫自己過上一種單調平靜的生活。他說：
「請你記住，我不是想要讓你過上單調沉悶的生活 ——
因為那樣的生活與過度勞累的生活一樣，都會對你的身體
造成不良的影響。但不管怎樣，你必須要避免去做任何會
讓你內心煩惱或是身體疲憊的事情 —— 避免做一些過度
勞累的事情。如果你喜歡安靜的鄉村生活，我不建議現在
就前去那裡旅行。總之，你可以選擇去過最適合自己的生
活，當然暫時不要做任何強制性的工作，不要去做任何你
不喜歡去做的事情。某某先生，」他接著說，「我已經跟你
說了最糟糕的情況了。我不敢保證你的身體最後能夠戰勝
這樣的疾病。坦白地說，我認為你可能無法戰勝這樣的疾
病。但是，你的內心也不需要有任何無謂的擔心，因為就
目前來說，這種疾病不會帶來任何生命危險。當然，如果
你必須要透過工作才能養活自己的話，那麼我可以向你保
證你接下來幾年的工作，肯定會讓你無法痊癒的。如果你
能夠遵照我的醫囑，並且期間不出現任何併發症的話，那
麼我認為你還有很多年可以活。但是，你千萬要記住，你
所做的任何工作都必須要能夠帶給你樂趣，任何為你的神
經帶來緊張的行為都絕對不要做。如果你參加了一些過度
勞累或是過度興奮的工作，那麼這很有可能會縮短你的壽

命。當然,我是將醜話說在前頭,希望你能夠好好地考慮一番。我每週都會見到很多人跟我談論他們遇到的類似神經緊張的情況。如果你的身體接下來沒有出現什麼明顯的不良症狀,比如(接下來,他說了一些專業的醫學症狀名稱,我就不詳細描述了),你可以每隔三個月前來複診。如果你在此期間出現了嚴重的不良症狀,請務必立即前來就診。但我可以直接告訴你,我認為那樣的不良症狀不會出現的。你似乎擁有耐心的脾性 —— 我要說,你應該好好地去度假,過一段休養的生活。」(說到這裡,他的臉上露出了仁慈的笑容)。他一邊說著一邊從椅子上站起來,友善地與我握手,然後為我打開了房間的大門。

第十五章

　　我必須要坦誠，與這位著名醫生的交流，一開始讓我感到非常震驚。在接下來的一段時間裡，我感到無比困惑，甚至陷入了深深的沮喪當中。要對喧囂的城市生活說再見 —— 將手上的書籍放在書架上，我感覺自己就像一個打碎了的花瓶，無法將最好的一面呈現在世人面前，無法在這個世界上做出屬於自己的貢獻。我的內心產生了深深的挫敗感，感覺自己就像一個毫無用處的廢人 —— 我

第十五章

想像著自己日後的人生只能在陰影中度過，嚴格按照醫生的醫囑來生活，每天都要按時吃藥與喝牛肉茶 —— 在這個世界上扮演著可恥羞辱的角色。我承認，在最初幾週強迫自己過上安靜休養的生活，這讓我感覺非常痛苦。我時時刻刻都感覺自己無法去做想要做的事情，這樣的局限讓我的內心充滿了煩躁不安，讓我感覺自己的身心都處於一種麻痺的狀態。但是，隨著時間的推移，我內心這團陰翳終於慢慢散去了。首先前來幫助我的，就是我在某個時候突然產生了一種意想不到的情感。當我習慣了這樣一種安靜休養的生活之後，當我發現過著節制的生活在很大程度上是一種按部就班的生活之後，當我發現自己應該按照直覺去決定應該去做什麼的時候，我發現自己的感知能力竟然在看似一片黯淡的前景中，變得越發的銳利與強大。一些聲音與畫面會以陌生的形式激盪著我的心靈 —— 這樣的一種思想是很難用語言去進行定義的，但這樣的思想似乎始終潛藏在潛意識裡。我的人生可能是脆弱的，也可能是短暫的事實，似乎反而讓我透過過上一種簡單與默默無聞的生活，去獲得內心的解脫。當早晨清新的空氣透過敞開的窗扉進入房間的時候，當清涼甘甜的水進入我這個軟弱無力的身軀的時候，當我聆聽到樹上的小鳥在歡樂地歌

唱的時候，當我看到綠色的花蕾在灌木叢中發芽的時候，當我嗅到了落葉松流蘇散發出來的芳香，聆聽著小溪漫過了水草植物時發出的潺潺流水聲，當我看到了早晨天上的雲朵就像珍珠薄片那樣飄來飄去，看到夕陽照在青綠色小溪上那些水草上 —— 所有這些景象都提振著我疲憊的精神，讓我感受到了強烈的美感。這樣一種愉悅的感受是那麼的安靜而又強烈，似乎它們正在低聲細語地向我的靈魂訴說著大自然的祕密。

我注意到，這種安靜休養的生活同樣提升了我的智趣感知能力。此時的我才發現，每一幅畫面都會潛藏著一些之前從未被發現的東西，隱藏著一些沉思或是只有透過表面才能看到的神祕。但是，我現在都能看清楚它們背後所隱藏的祕密。當我聆聽到一些音樂的時候，能夠強烈地感受到音樂所表達出來的哀婉情感或是強烈的熱情，這是我之前從未感受到的。甚至就連那種微妙的欣賞能力似乎都降臨在我身上。我似乎再也不會受制於一些技術性的藝術或是機械層面上的完美了。之前，「飛流直下三千尺」的瀑布會強烈吸引著我，但是音樂卻很難激發我內心的情感。之前在我看來，一些與數學精確性相關的主題都是空洞與徒勞無益的，但是我現在似乎能夠從中發現一些美

感。無論我對這種美感的感知能力是多麼的不完美，我還是能夠表達內心的一種熱烈的精神與一種難以名狀的細膩情感。

這種增強的感知能力似乎也同樣出現在我一直所喜歡的文學方面。之前那些蒙蔽我雙眼的所謂優秀文學、誇張的戲劇或是有趣的文學語句與圓滑的表達方式，此時在我看來似乎都是破碎不堪的。我發現，這些作品只是單純注重風格而已，而根本沒有注重所要表達出來的思想。此時，我彷彿可以一眼看清楚玻璃後面的一切事物一樣，看清自己之前在閱讀文學作品中所犯下的錯誤。另一方面，那些以真誠的方式表達出來的思想，那些以巧妙的構思與真摯的情感寫成的作品，都強烈吸引著我去閱讀。正是在這個時候，我才第一次感覺到，所謂的憐憫心或是感知能力可能源於一個痛苦的遭遇，當這樣的痛苦遭遇不是那麼強烈與讓人煩惱的時候，就能夠將一些糟糕的想法全部都拋棄掉——我還明白了真正的客觀超然、華美壯觀的力量，是可以透過一種不是那麼劇烈卻又讓人感覺到末日前兆的方式去呈現出來。我感覺，自己長久以來一直在一條循環往復的小路上走來走去，始終無法找尋到一條走出這條小路的途徑，始終都被一些瑣碎的細節所控制。當這條

道路徑直通向一片開闊的荒野，當他最後能夠自由地來到了山丘那片青綠的草地上，內心該是多麼的興奮啊！真正的視野 —— 或者說，人生的地圖就在我的眼前慢慢地打開。我明白了，所有的藝術作品只有當其能持續散發出甜美與優雅精神的時候，才是具有價值的。在人類無法用言語來表達的那種情感領域裡，往往存在著人類最深沉的思想與最高層次的祕密 —— 關於這樣的思想與祕密，我們只能去進行猜想、解析，或是熱切希望一些最有才華的藝術大師能夠向凡人展現出來。

也許，真正讓這些轉瞬即逝的印象充滿如此強烈的美好感覺，就在於它們的短暫易逝。

「但是，我喜歡它們的原因，
就在於他們會消逝。」

當我處在這種興奮情緒當中，並擁有了更強的感知能力，我開始在一段時間內盡情地享受這帶給我的美好感覺。我認為自己已經學到了一個永恆的教訓，對哲學的理解進入了一個更高的層次，擺脫了物質對我的束縛。嗚呼！但這一切都是短暫易逝的。我並沒有取得最終的勝利。不過，我真正的收穫，真正存留在心裡的，只是希望

第十五章

能夠更好地享受一些簡單的事物，更加期望普通生活所具有的美感。雖然，這只會在很小的範圍內才會出現。我認為，自己這樣的情緒就是神經處於緊張狀態下的一種表現，因為這會在某種程度上讓我的內心陷入陰影的狀態，直到我陷入了深深的憂鬱當中。但是，我又能期望些什麼呢？一種充滿陰影的生活，一種讓我蒙羞的沮喪情感？我彷彿看到了接下來漫長沉悶的時光在慢慢地被浪費掉了——日復一日、週復一週、月復一月的沉悶生活，還要懷著疲憊的心情去始終點燃生命的這盞燈。這到底是怎樣一種生活啊！一種沒有了奉獻、歡樂、光明與功用的生活！我感覺自己就像一艘被困在軟泥沙灘上的破舊廢船。內心唯一感到慶幸的是，每月之後，那些被海水浸透的木材依然還能夠緊緊地貼在一起。我知道自己需要找尋某種更加宏大且深沉的東西。我意識到自己必須要將宗教與哲學融合起來，形成屬於我的一套人生理論，建造一個能讓我的靈魂感到安穩的堅實基礎。

第十六章

　　在我看來，一個人必須要去服務他人，無論這樣的服務是以什麼樣的形式去做。之前對哲學思想的研究讓我所處的圈子越來越小，很容易將自己的思想更多地專注於脆弱的自我，然後漸漸陷入自我主義與自我憐憫的狀態當中。宗教則給我帶來了一種更為強烈的衝動。

　　在博愛方面，我們又有著什麼樣的責任呢？顯然，認為每個人都應該束縛自己的雙手雙腳去做一些讓自己感到

第十六章

不快樂的事情，這是無比荒唐的。適合自己並且有足夠的
閒置時間，這才是其中的關鍵。也許，牧師、醫生與老
師，這些都是最具博愛精神的職業。因為醫生與老師這兩
個職業都是我沒有能力去從事的，因此我想過要去擔任聖
職，成為一個業餘助理牧師。但是，我的宗教觀點又讓我
很難做到這點。倘若我不是完全信仰一種宗教的話，那麼
違背自己的良知去這樣做，這顯然與我的個人尊嚴是不相
稱的。在我看來，很多教派所傳播的基督教都已經無可救
藥地脫離了耶穌基督一開始所宣揚的超然簡樸精神，只是
純粹變成了社會體系的一部分，再加上數百年前流傳下來
的一些早已經過時的儀式，早已經將最為純粹的基督教精
神給抹去了。比方說，要是我選擇去為伍沃德牧師工作，
按照他的指示去工作，這顯然對他與我本人都是不可能做
到的。即便如此，我的內心還是充斥著想要幫助別人，
為別人服務的強烈思想。當然，我不能懷著一種志得意滿
的自我滿足情感去做，但我至少要能夠從中感受到一點樂
趣，滿足內心的信念。顯然，在接下來的一段時間裡，我
在這個世界上的位置與地位是已經固定下來了。我必須要
過上一種安靜的家庭生活，盡自己最大的努力去恢復健
康。當我處於這樣的狀態，怎樣做才能更好地服務我的鄰

居呢？他們都是一些安靜的鄉村民眾 —— 其中一些是鄉紳與牧師，幾位農民以及很多農場工人。我應該安靜地過著目前的鄉村生活，還是要想一些辦法去幫助別人，從而證明自己存在的價值呢？經過一番深思熟慮之後，我得出的結論是，我不僅不應該前去任何地方，而應該留在這裡，按照最為合理、明智且符合基督教精神的方式去進行這方面的實驗。

我接下來面臨的一個現實性問題，就是我該以怎樣的方式去提供幫助。英國人都有著一種強烈的獨立感。他們無法理解那些喜歡挑剔、多管閒事的博愛主義者，認為這些人總是在他們面前走來走去，告訴他們的家庭生活出現了哪些方面的問題，不喜歡聽這些人對他們說教與指手畫腳。我認為，我應該試圖給予他們所需要的一些幫助，而不是我認為他們應該需要的幫助。當我融入他們中間的時候，絕對不能懷著想要提升他們的念頭，而應該盡可能以一種鄉里間互相幫助的友善方式去做。無論在任何情況下，我都絕對不能表現出自以為是的慷慨行為，從而讓他們感覺到自己是缺乏自立精神的。

大約在這個時候，我的母親在吃午飯時，無意中提到了一位農民寡婦的事情，這位寡婦住在距離我們家大約不

第十六章

到 50 碼的一座木屋裡。這位寡婦為她那位叛逆、懶惰且整天抱怨的大兒子傷透了腦筋。她的這位大兒子之前因為懶惰與魯莽的行為失去了兩份工作。當我聽到母親說了這件事之後，認為這可以是一個切入點。這天下午，我懷著緊張的心情慢慢地走到這位寡婦的家裡。我必須要承認，我內心的緊張與羞澀達到了一種荒唐的程度。我感覺自己根本就不適合這樣做，擔心她會怨恨我這樣做。不過，我還是鼓起勇氣來到了杜赫斯特夫人的家。她非常真誠地接待了我，詢問了我的健康狀況 —— 因為我生病的消息在村裡很快就傳播出去了。我認為自己不應該直入主題，而是應該透過慢慢的交流讓她來說出這件讓她感到憂慮的事情：她的兒子讓她感到非常憂慮。「他到底想要做什麼呢？」她也不知道。但是，她的兒子顯然對之前的工作感到不滿意並且非常頑皮，慢慢與一群狐朋狗友混在一起。我對她說，要是我與她的兒子聊一下，應該能夠開導一下他。杜赫斯特夫人聽了感覺到非常寬慰。我讓她叫她兒子在晚上的時候前來找我。之後，我站起身，與她真誠地握了下手，然後離開了。這天晚上，馬斯特·杜赫斯特前來找我 —— 我發現他是一位有點羞澀、冷漠與傲慢的男孩，身體很結實，那雙黑色的眼睛散發出充沛的活力。我

問他想要做什麼。在與他進行了一番簡短的交談之後，我就知道答案了：他討厭這個地方，不喜歡在花園裡工作。「那你想要做什麼呢？」最後，我發現他想要出去外面的世界看看。我說「你想要出海？」聽我這樣說了之後，他的眼睛立即亮起了光芒，做出了肯定的回答，但他又不希望離開他的母親。我們的對話結束了。我認為有必要再次前去拜訪他那位通情達理的母親。顯然，他的母親也希望自己的兒子能夠有一個大的轉變。

　　簡而言之，整件事只是讓我寫了幾封信以及花了一些錢而已，我甚至可以將這筆錢稱之為借款。這個男孩前去一艘實習船學習。幾週之後，他就過上了自己想要的生活。事實上，他現在成為了一個充滿希望的年輕水手，經常會寫信給我。每當他出海回來，都會前來看望我。他的母親也成為了我的好朋友。現在，我與她相處的很好，我也驚訝於她說話是多麼的有分寸與通情達理。

　　在此，我沒有必要詳細地敘述另外 50 件類似的事情。我幫助的對象包括一個鄉村樂隊、一個板球俱樂部、一個合作商店等等。但是，我個人在這方面的工作範圍每年都在不斷地擴大：我成為了三四十個家庭的非正式顧問，經常與很多人通信，這些都是讓我的內心充滿樂趣的事情。

第十六章

我的交際圈子慢慢地拓展起來了，我不會假裝說這個過程中不會遇到一些讓我感到疲倦甚至是糟糕的體驗。有時，我就是病房裡一個生病的人，我必須要懷著羞愧的心情承認這點。我的母親對她的鄰居也不是很感興趣，這就讓我進行這樣的工作變得更加困難。

　　但是，我更加看重的是整體的感覺。這樣做讓我的內心產生了一種強烈的興趣。這些簡樸的村民對我的信任，是一個讓我慢慢擺脫懶惰的重要因素。即便當我想要懶惰的時候，我也不願意讓他們感到失望。除此之外，我不想過分地去拜訪他們。事實上，除非他們有什麼事情需要我去幫忙，否則我是很少前去拜訪他們的。但是，每個晚上的 7 點到 8 點鐘左右，我總是能與他們非常自在地聊天。我們家的一樓有一個抽菸室，這曾經是我工作的地方，現在有一扇門可以直接通到馬路，因此那些前來找我幫忙的人也不需要進入我家了。有時，我好幾天都不會見到一些拜訪者，有時則會在一個晚上來了三四位拜訪者。我一般都不會與他們討論與宗教相關的問題，除非他們主動問起。但是，我們都懷著熱烈的情感討論政治局勢以及當地的一些事情。我始終拒絕擔任官職，因為我擔心那些鄰居認為我是一個有點懶惰的不稱職官員，只是希望與他們偶

爾聊聊天。當然，我也不會擔任村裡的治安官，因為我也還有自己的事情要做。當有人提議讓我擔任治安官，我馬上表示拒絕。擔任任何官職都會改變我與朋友們的關係，會讓我處在一個非常尷尬的位置。我這個人天生就不適合擔任公職，我認為與別人進行無拘無束的聊天才是最自在的。

　　我認為上述這些內容可能都是十分無趣、缺乏浪漫氣息的博愛主義行為。當然，我也無法從功利主義的原則去為此進行任何辯護。我只能說，這是一件讓我的內心感到深沉滿足的事情。也就是說，當我去關注其他人所遇到的麻煩，幫助他們解決這些問題，這也會給我帶來許多幫助，讓我能夠以一種之前所沒有的視野去看待問題。當然，在敘述這些事情時的一大難點，就在於要避免任何陳腔濫調。我只能說，相比於我之前那一段充滿雄心壯志的日子，我認為透過親自實踐去寫出這些陳腔濫調，更能夠讓我獲得更多真實的情感與體驗。

第十六章

第十七章

簡而言之，無聊是一個讓我們每個人都感到恐懼的敵人。在我們規劃人生時，必須要考慮的一個重要問題，就是如何逃脫無聊的情感。當然，解決無聊的感覺最好的方法就是「與很多有趣的人成為朋友」。但是，對於那些天生就喜歡獨處的人來說，這並不是一個好辦法。相反，與很多人成為朋友，反而成為了最讓他們感到無聊與惱怒的事情。那麼，對於這些人來說，他們又該怎樣去打發這樣

的無聊時光呢？真正讓人感到無聊厭煩的，並不是身邊有一大群讓你感覺無趣的人，而是因為這始終讓你記住要對他們所承擔的責任，不管你是作為主人還是客人，這樣的感覺就像一個糾纏不休的負擔始終壓在你的肩膀上。對於那些天生喜歡獨處的人來說，他們可以在一間大飯店裡感受到一定程度上的獨處。在這樣的環境下，你唯一要與別人進行交流的時候，就是在餐桌上。如果你想要與別人進行聊天的話，那麼你通常也會發現自己置身於兩個外國人中間，也是不可能進行任何聊天的。但是，你可以前去英國的鄉村的地區走走看看：你會發現這其實與在大飯店大同小異。大家吃飯的時間都拖得很長，還有很多沉悶無聊的會議，以及斷斷續續的一些散步活動。男性在這方面通常都要做的比女性更好一些。在一年的大多數時候，他們都會在上午的時候去做一些重要的工作，在喝下午茶之前通常都不會回來的。若是在 8 月這個月分，很多忙碌之人都不得不要前往鄉村地區度假。想像一下那些沉悶無聊的板球比賽，在花園裡舉辦聚會時人群喋喋不休的話語。

　　當然，喜歡獨處的心願，或者說不喜歡與人群為伴的念頭，可能在一些偏執狂的大腦裡會變得更加強烈。醫生創造出了「偏執狂」這個難聽的名字，我也不知道所謂的

偏執狂到底是什麼意思，這可能與廣場恐懼症有點類似，都是人類心智某種不正常狀態的表現。所謂的廣場恐懼症是指一個人害怕置身於人群當中。每當這些人穿過人群密集的廣場或是大街的時候，內心都會感到非常恐懼，甚至會出現昏眩的情況。

　　但是，不喜歡別人前來拜訪，這是神經緊張疾病的一種鮮明表現形式。我之前就曾聽說一位女士在聽到門鈴的聲響之後，就會立即衝到窗邊，然後用窗簾將自己遮住。還有另一位女士則更加誇張，她會直接鑽入沙發底下。就在不久前，我前去諾斯一間美麗的房子。主人將我帶到了樓上一間能夠看到美麗風景的套房。他說：「這個套房之前是我的阿姨蘇珊曾經居住過的，她在幾個月前去世了。」說到這裡，他將雙腳放在一個靠近窗戶的一張寬敞的靠背長椅上。讓我感到非常驚訝的是，此時樓下的門鈴響起來了。「啊！」他用相當羞愧的口吻說，「他們還沒有將門鈴拆掉。」我希望他對此進行解釋。他說那位年老的阿姨生前養成了一個根深蒂固的習慣，就是每當聽到有人按門鈴，都會躲在這張靠背長椅下面。為了治癒她這種毛病，他們就在彈簧上懸掛了一個門鈴，好讓別人知道她到底躲在哪裡了。

第十七章

　　對絕大多數人來說，社交活動都是一件非常有益的事情，但是獨處同樣能夠帶給人許多好處。獨處就像一種可以提振人精神的藥，前提是他們必須要將與人交往視為自己生活的一個基本元素。一定程度的獨處就像羅馬教會所宣揚的齋戒日，對我們都是有好處的。只需要進行一番對比，就會發現獨處之後，我們能夠懷著更大的熱情去與人進行交流。

　　那些習慣了社交活動的人經常會認為，哪怕是稍微不與人進行聊天或是交流，或是讓他們稍微獨處一下，都會感到非常壓抑與無聊。我們可以說，很多人都是為了避免無聊而去做很多事情，不願意感受無聊沉悶帶給他們的那種可怕感覺。這也許是人類一個先入為主的本能想法。但是，我們不能因此說人們不應該獨處。每一個喜歡社交的人都有足夠的心智慧量，可以讓他們在一週時間內抽出一天時間去體驗獨處的價值。他們不僅會對獨處時間的價值有著全新的認知，也會讓他們從之後的社交活動中感受到更多的樂趣。

　　有趣的是，當人們習慣了獨處自後，就會發現這也會慢慢變成一種本能。我的一位牧師朋友，他之前是一位非常喜歡參加社交活動的人。但後來，因為一些緊急情況，

他被派到了一個靠近海邊的教區擔任牧師。因為之前的那位牧師身患重病，所以他只能這樣做。這個教區沒有多少人，而且人們的居住地也很分散。那些接受過教育的人所居住的房子，距離他還少也有四五裡路——我的這位朋友收入微薄，不喜歡走路，也沒有方便他出行的交通工具。

　　他跟我說，當他準備出發的時候，內心感到無比的沮喪與失落。他發現這個教區的教堂只有三位年老沉默的僕人。於是，他將大部分時間都投入到閱讀當中，懷著沉重的心情去履行自己的職責。麼天早上，他都會進行安靜的閱讀，或是外出散步——這個教堂就坐落在一個高高懸崖的頂部，能夠看到很多壯美的景象。每天下午，他會在教區的範圍內來回地走訪，認識這裡的農民以及當地的其他人。每天晚上，他會再次閱讀與寫作。當他來到這裡生活不到一週的時間，就意識到這樣的生活是充滿魅力的。在剛來的那幾天裡，他寫信給幾位老朋友抱怨自己在這裡過著孤獨的生活。但是因為交通不便的原因，他的信件遲遲沒有送到朋友們的手上。當他在這裡生活了 6 週之後，他的一位老朋友以及他的妻子一起前來拜訪他。他後來坦白地跟我說，這位老朋友的拜訪帶給他更多的煩惱而

第十七章

不是樂趣。當然,他還是熱情地招待了他們,但他說在這位老朋友離開之後,內心大大地鬆了一口氣。半年之後,我再次看到了他。他跟我說,獨處就像充滿危險誘惑力的賽斯,但是人們應該還是懷著果敢的精神去遠離這樣的行為,因為一旦獨處久了,就很容易無法感受到現實生活的美感。當然,我並不是談論一位性情懶惰的人,而是一個具有力量、智慧與教養的人,一個內心感到躁動與對世間萬物充滿熱情的人。

第十八章

在此，我想懷著善意忠誠刻劃我一些朋友的形象，他們不大可能會看到我所寫的這段描述他們形象的文字，如果他們真的看到的話，我想他們也會原諒我的。

我從那些人數不多的鄰居中選取了三四個較為典型的人物進行描述，雖然在我的日記裡還有很多個性相似的人物。

今天早上，教區有一件小事需要我去與詹姆士爵士進

第十八章

行交流，詹姆士爵士是我們這個地方的大地主。他的名字是斯湯頓，他的頭銜是準男爵。他是一個有著純粹英國血統的人。早在 14 世紀，斯湯頓家族似乎就在這片教區裡擁有了一片土地。顯然，他們當時是自耕農，擁有幾百畝的不動產。在 16 世紀的時候，斯湯頓家族的一名成員前往倫敦做生意，發了財，最後在沒有子嗣的情況下去世了，就將他的財產都留給了他的其他家族成員。這些家族成員後來拿這筆錢有購買了更多土地，建造了龐大的房子，成為了當地的鄉紳，最後獲得了騎士的頭銜。現在，這位斯湯頓先生的祖先銅像還在教堂裡擺設著。他們看上去都是一些缺乏想像力的人。每當這個國家處於分裂或是爭鬥的時候，他們似乎都能找尋一條過上平凡且成功生活的途徑。

早在 18 世紀，斯湯頓家族有兩個兄弟：年幼的弟弟成為了一名牧師，後來因為機緣巧合，認識了當時宮廷裡的權貴，並且與他們聯姻。他一開始是在鄉間地區擔任牧師，後來就擔任了主教的職位。他在當地累積了一大筆錢。他的肖像仍然懸掛在派克地區的教堂。畫像中的他顯得榮光滿面，臉龐呈現出像熟透的李子的顏色，有著棱角分明的臉龐，頭上戴著一個假髮。在那條天鵝絨簾幕的背

後，就是他當年擔任主教的大教堂，仍然面對著歷史的風雨。這位主教的雕像可以說是我們這個教堂主要的缺陷或者說是主要的裝飾品，這要看當事人的品味是嚴苛還是寬容的。雕像上的主教身體微微傾斜，臉上露出一副悲傷的表情，似乎一個人正在從很高的地方掉落下來的表情。在他的頭頂上，就是教堂上雕刻的天使的畫像，這些熱心的天使似乎正在詢問著到底缺少了什麼。雕像上主教那雙纖細的雙手從長長的袖子上伸出來，就像一個肉餡羊肚，需要一些鋼架進行支撐。他的手肘則固定在一些用大理石雕刻而成的富於爭議的神學作品上。在後面的壁龕上，有一頂蓬鬆的僧帽，相比於大理石發出的光芒，這頂僧帽似乎顯得無比黯淡，因此後來被人隨意地放在了壁龕的頂部。

這位主教繼承了他年長的哥哥所擁有的財產，還進一步增加了他所擁有的財富。這位主教的唯一兒子目前就居住在附近的一個自治鎮上，他也因自己對社區的服務而被封為準男爵，當然這也是政府對地方富裕的鄉紳一種最為明顯的回報。到了這個時候，關於這個家族十分突出的歷史就沒有多少了，都是一些沉悶的紀錄。這位準男爵的大兒子慢慢培養了對文學方面的興趣，前往倫敦，成為了當時詹森派文學圈子的追隨者 —— 他的名字有時會出

第十八章

現在這個時期一些文學回憶錄的注腳裡。他後來娶了一個名聲不佳的女人為妻，出版了兩卷《給一個優秀年輕女性的信件》，這兩卷作品雖然用詞華麗，但卻沒有任何實質性的思想。他的兒子傑克・斯湯頓是一個揮霍無度的人，要不是他的父親比他活的更長，肯定會將祖輩的產業全部揮霍乾淨的。傑克的妻子只能依靠一些撫恤金來過著貧窮的生活，於是她就希望自己的小孫子以及後代能夠繼承這些財富。那個小男孩長大之後成為了一個沒有大作為的接班人，但卻讓他的後代感到非常喜歡。他是一個純粹意義上的守財奴。在他負責家業的時候，佃戶們都過著貧窮的生活，佃租不斷上漲，種植園開始慢慢興起，因此需要獲得更多的土地。但是，他所居住的房子已經非常破舊了。然而，這位吝嗇的地主依然穿著像一個二等農民一樣的破爛衣服，整天都用那雙狡猾的眼睛與神祕的微笑守護著這片土地，避免與佃農或是其他鄰居說一句話，每天都會與一位酗酒的年老治安官，在一間沾滿灰塵的餐桌上吃著一頓簡樸的晚餐。對這位準男爵來說，每當他識破了別人想要從他口袋裡騙來幾個先令，都會讓他感到非常高興。最後，他在沒有子嗣的情況下去世了。在他去世之後，他的一位堂弟，也就是第一位準男爵的孫子繼承了這些財產。

當他繼承了這筆財富之後，才發現之前那位守財奴為他留下了一大筆可觀的財富。繼承財富的人之前參過軍，曾在滑鐵盧戰役中打過仗，之後他就按照自己所在階層的其他人那樣，成為了一名堅定的托利黨政客。第四代的準男爵是一位非常低調的人，我對他有些印象。他平時最大的娛樂活動就是前往他的養狗場，與那些狗一起玩耍。當我還是個孩子的時候就經常看到他。我經常會與母親前去他們家一起吃午飯。我還記得，當時他一聲不吭地站著，慢慢地喝了一口放在壁爐前地毯上的一杯雪利酒。在我們離開之前，他會從口袋裡拿出一些信封，然後用一些骨頭或是一些毫無用處的東西裝在裡面，接著將這些骨頭留給他的那些狗到中午吃。在我還是個孩子的時候，我認為他這樣的做法是非常友善的。如果約翰爵士當時沒有這樣做的話，我肯定會感到非常失望的。

　　現在這位詹姆士爵士是一個大約 40 歲的人，他之前在伊頓公學與三一學院讀過書，之後又在警衛大學讀過書。他在 30 歲的時候，娶了附近地區一位準男爵的女兒。當他的父親去世後，他就心滿意足地選擇繼續在鄉村裡過著悠閒的生活。除了他擁有一大片的不動產之外，他還是一個非常富有的人。我猜想他每年的收入至少都有兩萬英

鎊左右。他在倫敦有一座房子，斯湯頓夫人每年都會前去那裡居住。但是，詹姆士爵士每次陪她到了那裡之後，都會因為生意上的一些事情不得不要馬上回到鄉村地區。我不知道詹姆士爵士在鄉村地區度過夏季的那幾個月時間，是否是他一年當中最不愉快的的時候。他有三個天性有點遲鈍但身體健康的孩子 —— 兩個男孩一個女孩。他對政治、宗教、文學或是藝術都一概不感興趣。他只喜歡閱讀《標準報》與《田野報》。他很少到森林裡打獵，也很少開槍，似乎他根本也不關心這兩件事情。每天早上與下午，他都會在自己的領地上閒逛。晚上，他會寫一些信件，然後吃一頓豐盛的晚餐，接著閱讀報紙與睡覺。他似乎根本不喜歡出去外面吃東西。事實上，每當他想到要去參加晚宴或是舞會，就會讓他這一天都感到不高興。每到週日的時候，他都會前去教堂。他是一個積極主動的治安官。有很長一段時間裡，他的兩三位有著類似興趣的朋友都與他一起進行治安巡邏的工作。但他不喜歡在巡視的時候與他們在一起。他喜歡一邊巡視一邊吹著口哨，或是在他與法警進行交流時，目光盯著那些草堆與羊群。但他是一個友善、樂觀且慷慨大度的人，有著精明的生意頭腦，對自己所處的位置有著清醒的認知。他是一個受人尊敬且直接的

人，每天都要面對著一些讓人厭煩的責任。當他下定決心去履行這些職責時，就會全身心投入去做。任何心靈的障礙都無法阻擋他前進的腳步。當他在學校讀書的時候，是一個心智健全、身體健康的男孩，喜歡體育運動，準時完成自己的功課，有著無可指摘的品格。他沒有什麼十分要好的朋友。他總是安靜地上課，認真聆聽老師的講課，從來不會表現出不耐煩或是不感興趣的表情。他非常喜歡那些有點沉悶卻又很冷靜的老師。他曾說：「因為當這些老師教你的時候，你知道自己聽到了哪裡。」對他來說，那些十分富於熱情的老師會讓他感到困惑 —— 用他的話來說，就是「這些老師始終在談論著那些詩歌或是老掉牙的東西」。當他後來在劍橋大學讀書的時候，情況也大體如此。他參加了大學的划艇俱樂部，以合格的成績通過了學校規定的考試，他過著一種健康得體的生活。他的大腦似乎從來都不會產生一些大大小小的其他看法，似乎缺乏一種對美感的欣賞能力，也從來不會對一些精妙計畫發出讚揚。如果他碰巧遇到了一位充滿熱情的大學畢業生，當這位大學畢業生滔滔不絕地表達著自己充滿熱情、美妙卻又不成熟的一些想法時，詹姆士總是會很有禮貌地耐心聆聽，從來不會表達出自己的看法，只是在事後淡淡地說：

第十八章

「哇，剛才那個傢伙真能說啊！」沒有人會認為他是一個
愚蠢的人，他知道自己在什麼時候該做什麼事情。他是一
個喜歡社交的人，為人友善，從來都不會表現出自大的思
想。他更是從來都不會因為自己的地位與財富而感到志得
意滿或是趾高氣揚 —— 他只知道自己喜歡什麼，也不會
對那些缺乏智慧之人偶爾展現出來的才華有什麼欣賞之
情。當他後來前去警衛大學讀書的時候，情況也是如此。
他受到同學們的歡迎與尊重，與他們都成為了朋友。他依
然是一個準時、有能力且受人尊敬的人。他從來不喜歡喝
酒或是賭博，也從來不會做任何會讓自己聲名狼藉的事
情。他似乎不會欣賞任何人與任何事物，沒有人似乎能夠
對他施加任何影響。每當他在家的時候，看上去總是非常
快樂。他非常友善地對待自己的姐妹們，要是他們有什麼
需要幫助的話，隨時都準備去幫助她們。當他繼承了這些
財富之後，他也只是慢慢地找尋著一位適合自己的妻子，
最後娶到了一位有著與他相似想法的美麗女人。他從來都
不會對她或是自己的家人說任何不友善的話，也從來不會
對任何家人表現出過分強烈的情感。他就像自己所有人際
關係中的託管人，始終都能抽出時間去解決他們遇到的一
些事情。他始終願意為一些涉及到公眾利益的事情捐款，

從來都不會與那位墨守成規、身體瘦削的牧師發生任何口角，因為這位牧師認為他就是教會最為忠實的人。他多次拒絕了別人邀請擔任國會議員的請求，表示自己從來沒有想過要上升到貴族的念頭。他可能會過上一個安逸的老年生活，為自己的後代留下一大筆財富。我認為他從來都不會去思考自己人生的終點。但是，如果他真的想到過自己可能會死亡的事情，他可能會模糊地認為，在某種幻想的狀態下，他將會繼續與其他人友好相處，並贏得他們的尊重。

第十八章

第十九章

　　在我們來到金端這個地方居住將近 10 年的時間裡，這個教區都是由一位年老的牧師負責。在這個教區之外，認識他的人並不多。我認為，在他從接受任命前來這裡擔任牧師到他去世的這段時間裡，他的名字從未出現在任何報紙上。主教管區的主教也根本不知道有他這個人的存在。如果人們在牧師圈子裡提起他的名字，很多人都可能都會發出這樣的感嘆：「啊！可憐的伍沃德！我認為他是一個

非常有能力的人，但他卻是一個非常不切實際的人！」但是，我始終認為在我所認識的人當中，他是最為傑出的。

他是一個身材高瘦的人，略微有點駝背。他的容貌算不上英俊，但臉龐卻透露出一種莫名的尊嚴與力量。他的臉色很蒼白，有時就像沒有任何血氣的羊皮紙。他那頭深黑色的頭髮在他去世的時候，依然是黑色的。他的眉毛有點蜷縮，這讓他整個人的容貌給人一種充滿耐心的感覺。他的眼瞼有時會遮住他的雙眼，整個表情給人一種憤世嫉俗的感覺。但是，當他睜大眼睛，轉身面向你的時候，他的那雙黑色眼睛卻又那麼的充滿熱情，非常的明亮。他的嘴唇非常飽滿，微笑起來有一道美麗的弧線。但是，他不笑的時候，就像一把尺那麼直，給人一種嚴肅的感覺。他是一個每天都刮鬍子的人，非常注重自己的儀表，但他所穿的衣服卻給人非常世俗的感覺，他總是帶著高領，穿著一件雙排扣長號衣服與一件背心，有時還會打著一條白色的麻布領帶 —— 每當我回想起那樣的情景，就會感到有點害怕 —— 他幾乎從來都不穿黑色的褲子，但會穿著深灰色的褲子。如果你讓他將白色的領帶換成黑色的領帶，那麼你就會覺得他是英國城鎮上的一個普通人。他經常會騎馬在教區內到處轉悠，穿著一套深灰色的騎馬裝。我

認為他從來都不會太在意自己的服裝，不過他有著一名隨和的紳士所具有的品格，非常喜歡整潔與乾淨。他終生未婚，他的房子都是他一位姐姐幫他打理的 —— 他的姐姐也是一位面容冷酷的人，說話的時候喜歡語帶諷刺，但除此之外也沒有其他的大毛病。伍沃德夫人認為自己也是一個身體虛弱的人，只有在天氣晴朗的時候，才會乘坐一輛精緻的馬車出來。他們都是非常富有的人。教區長所負責的管區有一座寬敞的房子坐落在一片龐大的教區土地上，還有兩名園丁與管理良好的馬廄。這些建築是用非常結實的木頭做成的。伍沃德先生家裡有一個很大的私人圖書館。每當他家舉行晚宴的時候，他總是拿出最為簡樸的食物，那些碗碟都是具有一定歷史年頭的 —— 古老的銀製燭臺與托盤到處可見 —— 還有一排排的家人照片掛在牆壁上。伍沃德先生經常說，如果某人十分欣賞某個碟子，「是的，我認為這些碟子都是非常好的。這些都是我那位去世的叔叔生前所收集的，他留下這些東西給我，是我一輩子的財富。當然，我不大贊成使用這些碟子，我認為自己甚至不應該擁有兩件以上的碟子 —— 但是，我不能賣這些碟子，因為這些碟子看上去非常精緻，不會帶給人任何傷害」。伍沃德先生過著富裕的生活，但我很快就發現

第十九章

他將自己的收入幾乎都用於他所負責的教區。他從來不會直接幫助教區裡因為懶惰而過著貧窮生活的人，但他始終願意去幫助那些誠實之人度過難關。他願意資助那些剛剛步入社會的男孩，也願意送給那些出嫁的女孩一些嫁妝。他還出錢請了一位教區護士。與此同時，他堅持助人為樂應該是一個人的基本職責。「我做這些事情，並不是為了讓你們不去樂於助人。」他說，「相反，我希望能夠引導你們。如果我發現這樣的奉獻儀式越來越少的話，那麼我要幫助的人也會越來越少的。」不過，他有時會表示出憂慮的看法，擔心自己這樣做會讓他的繼任者很為難。「但是，我忍不住要這樣做。如果他是一個好人的話，那麼人們最終肯定還是能夠理解的。」

伍沃德先生是一個很有政治見解的人，經常說他每天早上更願意閱讀報紙，而不是履行自己的職責。正因為他經常閱讀，他總是有很多話題可以說。即便是教區裡那些最不信仰教會的人，都會因為他的拜訪而感到高興。當然，他在政治方面是一個折衷主義者，會將很多激進主義融合起來，同時表達出過去強烈的愛意與尊重。他耗費巨大的心力去重振教堂，想辦法從一些小的方面去讓教堂看上去更加具有美感。他經常會說，前去教堂的人可以分為

兩類──一類是那些喜歡前往教堂進行社交活動的，他們喜歡欣賞教堂裡面明亮的燈光、悅耳的歌聲以及很多人聚在一起的熱鬧場面。另一類人則更多是出於內心虔誠的思想，他們只會因為上述那些人的前來而受到干擾。因此，他在教堂的十字型翼部安裝了一道非常簡單的屏風，從而讓燈光沒有那麼明亮。這個十字型的翼部可以從另外一道門進入。他希望那些不是前來參加整個禮拜的人從另一道門進入。即便這樣做了之後，教堂裡依然還有很多空間，因為教堂內不可能總是坐滿，因此每個前來教堂的人始終都能找到一個適合你的座位。伍沃德先生所負責的教堂一直都沒有穿著白色法袍的唱詩班。在進行晨禱儀式的時候，除了歌唱聖歌與朗讀讚美詩之外，就沒有其他儀式了。但是，他自費為教堂購買了一架製作精良的風琴，還自掏腰包請了一位熟練的管風琴表演者。他非常相信音樂的作用，而這位管風琴表演者的職責就是每週表演一次，這樣的話就可以吸引更多人前來教堂。伍沃德本人會監督唱詩班的訓練過程，因此整個唱詩班唱得非常好。他們的歌聲與韻律都是我在其他教堂的唱詩班裡所感受不到的。

伍沃德先生經常談論關於宗教方面的話題，但他總是以非常隨和自然的方式去談論，避免其他聽者產生任何尷

尬或是露出矯揉造作的表情。在我所見到的人當中，我從
未見過任何人能夠像他這樣過上如此自然的生活。他從世
俗的話題轉移到宗教話題的方式是自然的，從來都不會讓
別人感到任何尷尬或是不滿。畢竟，生活中倫理方面的話
題都是我們每個人都感興趣的 —— 除此之外，伍沃德先
生還有著一種與眾不同的天賦 —— 要是他能夠在說話的
時候帶有更多的熱情與更加流暢的話，那麼他肯定是一位
非常優秀的演說家。正因為如此，經常與他進行交流的人
都會在潛移默化中對他所要談論的話題感興趣。與此同
時，他在說話時總是展現出一種極為簡樸的情感，任何人
都不可能說他是矯揉造作的。每當他說完之後，要想複述
他說過的話幾乎是不可能的一件事。這一切都是都取決於
他的個性散發出來的微妙細緻的影響。事實上，我曾記得
某個晚上與他進行交流，他用極為強烈的哀婉情感去談論
一些話題。我試圖將自己所記得的內容都寫下來。當我之
後回過頭去審視他的話語到底有什麼神奇的魔力時，我發
現他的那些話是那麼的普通簡單，甚至可以說是全是一些
陳腔濫調。

　　下面，我想要敘述一下發生在他身上的一兩件事。某
天，我發現他正在書房裡認真閱讀著某一本書，我後來看

見這本書就是《達爾文的人生》。見到我過來了，他馬上站起身，前來迎接我。一番寒暄之後，他對我說：「這是一本多麼好看的書啊！這本書從頭到尾都展現出了《尼西亞信經》的核心原則！達爾文這個人不斷地前進，懷著高尚的情感忠實地履行自己的職責，同時他的內心是那麼的專注與簡樸，忘記了沿途發生的一切事情。他想要找尋的福音都是在前面那堵牆之外的。但我認為，他肯定也知道這點。每當我前去修道院，我總是會直接前去他的墳墓，然後在一旁跪下，祈禱他能夠重新睜開雙眼。當然，我要說自己這樣做是非常愚蠢與錯誤的，但我就是情不自禁地會這樣做！」

另一天，他發現在我正在整理父親的祖輩家譜。我努力從過去的紀錄薄上找尋他們的名字，但只看到幾個人的名字記錄在案。當我告訴他自己正在做的事情時，他站在我身旁說：「親愛的老朋友，我希望你能夠經常為他們進行祈禱。他們屬於你，你也屬於他們。但我敢說，他們都是可悲的遜尼派教徒，他們中很多人（他笑著說）……好吧，但這一切都過去了。我在想他們在另一個世界會怎麼做呢？」

當然，伍沃德先生受到村民的愛戴。他在自己修剪整

第十九章

齊的花園裡養了幾隻孔雀——孔雀這種動物是自私的，看上去卻非常美麗。伍沃德先生非常喜歡欣賞一隻雄孔雀在陽光下開屏的畫面。這些雄孔雀棲息在花園裡一棵生長到了道路外面的樹木上。隔壁村有一位水手經常攜帶著槍，在這邊轉悠。一天晚上，伍沃德聽到小巷那邊響起了槍聲，馬上從書房裡走出來，結果看到那位水手已經用槍射殺了那隻孔雀，此時那隻孔雀正躺在路上，用最後一點力氣伸出爪子，而那位水手正在拔這隻孔雀的尾巴毛。伍沃德當時憤怒極了。這位被捉現行的水手看上去一臉困惑與無辜。「為什麼你要射殺我那隻可憐的孔雀？」伍沃德質問這名水手。這名水手不停地道歉，說他原本認為這只是一隻野雞。伍沃德聽了差點眼淚都要流下來了，於是只能拿起那隻孔雀回到花園，但發現那隻孔雀已經死了。於是，他親手埋了那隻孔雀。在吃晚飯時，他告訴姐姐發生的這件事，然後就沒有說話了。

但這件事很快就傳出去了。伍沃德的 4 名年輕力壯的教眾想要為伍沃德報仇。他們在一條小巷裡逮到了那名倒楣的水手，砸碎了他的槍支，並將他拖到村裡的一個池塘邊，對他進行體罰。他們輪流將這名水手的頭按在水裡，直到這名水手願意拿出口袋裡所有錢，用來補償伍沃德，

去購買另一隻孔雀。最後，這名水手買來了另一隻孔雀，送給了伍沃德先生。他還親自向伍沃德先生做出了最真誠的道歉。因為那 4 名教眾之前跟他說，要是他不這樣做的話，就要再次將他拖到村裡的池塘邊，讓他再次嘗一下池塘水的味道。

　　上面這件事證明了伍沃德在整個教區的地位。這件事最重要的部分就在於，這說明了他能夠與教區內那些原本很難相處的年輕人打成一片。他就像與男孩們說話的口吻與他們進行交流，表現的很有禮貌。很多人都認為像他這樣有地位的人沒必要這樣做。他鼓勵這些年輕人在遇到什麼麻煩時就去找他。那些為伍沃德先生無故失去一隻孔雀感到憤怒的年輕人，都知道伍沃德是他們的一位親密且受人尊敬的朋友。每當他們遇到一些經濟層面上的困境，伍沃德先生總是會慷慨解囊，或是在他們人生起步階段提供一些經濟上的支援。他從來都不會讓教會的權力影響到教區內民眾的生活自由。但是，他贏得教區內民眾的支持，完全是憑藉自己的善意與憐憫心。除此之外，伍沃德在一些小事上也是非常精明與務實的，有著一種能夠預測未來可能會發生緊急的事情。他從未忘記自己的牧師身分，但他始終不會以唐突的方式表現出來，總是等待別人有需要

的時候，才露出這樣的身分。

　　某次，我親眼見證了伍沃德與一位著名大學教授之間的有趣對話。這名教授當時因為有事與我在一起。這位教授之前說過他對鄉村生活非常感興趣，向我抱怨說牧師與他們教區內的民眾出現了越來越不合心的情況。我跟他談到了伍沃德，於是就帶上他與伍沃德一起喝茶。這個問題上，這名教授以禮貌坦率的方式反對伍沃德的觀點。他表示，神學與牧師標準的不斷提升，會讓牧師變成一個越來越具有力量的階層，但這個階層所關注的事情卻非常少，因為他們一般都是十分傳統僵化的。他說，這些牧師階層正在慢慢失去對英國民眾普通生活的了解能力，不像過去那樣宣揚一些正確的行為準則，在信仰與禮拜儀式等問題上，都存在著先入為主的觀點。接著，這位教授說，雖然這些都是非常有趣的變化，但在現實生活中卻沒有發揮任何作用。伍沃德沒有直接反駁他。這位教授說到興起，接著說在一般村子裡進行的布道演說都是毫無意義的，因為這些布道演說都無法給村民帶來任何思想上的改變。伍沃德詢問他牧師應該在布道演說中說些什麼？這位教授說：「牧師應該談論關於政治方面的事情 —— 當然，這不是關於政黨政治，而是關於社會與歷史發展等方面的。幾年

前，我在一個鄉村裡親眼看到一位主教教區的主教在教區教堂裡發表了一場布道演說。當時，法國剛剛在色當遭遇慘敗。這位主教卻從頭到尾都沒有談及此事，雖然教堂內大部分教眾都在思考著這件事可能帶來的影響。因此，在我看來，牧師不僅應該在布道演說中談論政治議題，而且應該在平時與教眾交流時也應該談及政治問題。牧師應該讓教眾知道他們都有著共同的關注點。」

「哦，你說的對。」伍沃德身子微微前傾說，「教授，我同意你所說的大部分觀點。但是，你這是從另一個完全不同的角度去看待這些事情。在鄉村生活的民眾，不是很關注政治 —— 當然，他們會對國內政治有些關注 —— 但他們對國外政治局勢是絲毫不關心的。當我們聽到普法之間爆發戰爭的消息時，我們都不是很感興趣。（此時，伍沃德面帶微笑，接著說）當我試圖鼓勵一位長年臥床不起的老婦人去關心這個讓她感到困惑的世界，那麼她也不知道應該怎樣去進行關注 —— 她唯一關心的，就是自己走完人生的漫長道路之後，會在什麼時候進入一個黑暗的世界 —— 當我試圖與那些讓一些可憐女孩陷入麻煩的淘氣男孩進行爭論的時候，能夠感覺到他在內心並不覺得自己是做了一件自私或是殘忍的事情。難道我要跟他們討論法

第十九章

國在色當慘敗的消息，或是談論議會改革的事情嗎？」

　　這位教授露出了冷酷的微笑，但這樣的微笑也許有點愚蠢，展現出他不願意接受伍沃德提出的反駁。幾天之後，伍沃德對我說：「我對你的那位教授朋友非常感興趣——我認為他是一個親切無私的人。他能夠對教區牧師應該怎麼樣做都產生了濃厚的興趣，這是很不容易做到的。但是，我親愛的朋友，你也知道，要想在智趣層面上保持高傲的態度，這是非常困難的——因為一個人需要接受一些人性的考驗，才能保持謙卑理智的態度。我倒是希望你那位教授朋友能夠經受一下這樣的考驗。」（說完，他露出了微笑）。「我敢說他在自己的工作職位上做的很出色，並且希望能夠為基督教做些事情。但他是一個說話很激進的人。你我必須要盡力防止他去重新書寫主禱文。我擔心，他認為原先的主禱文裡根本沒有任何智趣元素的存在。他可能認為這份主禱文已經使用了如此長的時間，肯定已經過時了。他可能會認為這樣的情況是不可以接受的。當然，關於政治領域上的事情，我們絕對不是抱有一種幻想——即便是對廣泛意義上的社會改革，我們其實都是非常關注的。」

　　對我來說，聆聽伍沃德的布道演說，始終是一件非常

有趣的事情。他曾對我說，他非常反感使用一些墨守成規的傳統宗教語言。因此，雖然他可能在內心裡是信仰高教會派的一些理論，但他總是小心翼翼避免使用任何艱深晦澀的語言，或是傳統意義上的宗教語言去發表布道演說，因為他擔心這樣做會讓教眾無法理解其中的內涵。我曾帶一位年老的福音教派阿姨前去教堂。當時，伍沃德就發表了一場關於洗禮儀式給人帶來重生的布道演說，他在演說裡將這樣的儀式成為一種進步的表現。當我聽到他的演說時，就想到了在離開教堂之後，我的阿姨肯定會對他的演說進行一番譴責的。當我想到這樣的情景，內心就在顫抖。事實上，如果我的阿姨拿著她的宗教書籍 —— 她是一個有著陽剛之氣的女性 —— 然後在這座教堂裡公開反對伍沃德的演說，我也絲毫不會感到奇怪的。但事實竟然與此相反。我的阿姨竟然相當認真地聆聽著伍沃德的演說，眼睛都溼潤了。之後，阿姨對我說，她認為伍沃德牧師的演說是真正意義上的福音派布道演說。伍沃德在發表布道演說之前，通常都會寫好一個演說稿，但他在現場發表演說時，經常會脫稿演說的，演說的內容與寫好稿子的內容有很大的出入。伍沃德總是能在演說過程中，以相當簡樸的方式去打動聽眾，讓每一位聽眾都覺得他是專程為

167

第十九章

他們發表演說的。他在演說中談到當地教區發生的一些事情時，總是那麼的直接，感情總是那麼讓人動容。可以說，他是我認識的人當中，唯一一個能夠在演說內容與演說表情方面都展現出藝術魅力的人。在耶誕節這天，他通常會談論過去一年發生的事情。一年冬天，村子裡爆發了一場可怕的白喉傳染疾病，幾個小孩因此夭折了。一位在農場裡放牧的農民是一個性情粗魯、不善社交的人，他就在耶誕節前夕失去了兩個孩子。當時，我還不認識伍沃德。在這個時候，伍沃德與那位遭遇不幸的農民一起度過了這個平安夜，與他一起靜靜地分擔這樣的悲傷。

在布道演說裡，他用相當樸實而又具有畫面感的語言去描述平安夜。接著，他就會引述克里斯蒂娜‧羅塞蒂 [06] 的〈聖誕頌歌〉（*In the Bleak Midwinter*）裡的一句詩歌：

「在這個寒冷刺骨的深冬夜晚，

呼呼的北風正在發出哀嚎。」

當我慢慢思考著他說出的這些充滿畫面感的話語時，我的眼睛也慢慢地流下了淚水。當他使用一些詞句去描述耶穌基督賜給人類的禮物時，這樣說：

---

[06]　克里斯蒂娜‧羅塞蒂（Christina Georgina Rossetti, 1830-1894），英國詩人，因其長詩〈精靈市集〉（*Goblin Market*）與〈聖誕頌歌〉而聞名。

「如果我是一位牧羊人，

我會帶來一隻羔羊。」

接著，他停頓了數秒鐘。我可以肯定，他之前從未想過自己要說出這樣的話語。接著，他看了一眼教堂裡面的教眾，說：

「昨晚，我在一個牧羊人的家裡待了很長時間⋯⋯現在他已經將兩隻羔羊獻給了耶穌基督。」

當時，教堂裡大部分教眾都出現了難以控制的啜泣聲。我必須要承認，此時我的眼睛含著淚水，慢慢地滴落下來。伍沃德接著說：

「是的，看到上帝能夠引領他走出這樣悲傷的困境，這是讓人欣慰的。但我從不認為，上帝會奪走他感受耶誕節所帶來的歡樂。上帝知道，牧羊人的兩個孩子此時已經在耶穌基督的懷裡安靜地入睡了 —— 他們是非常安全的，正在等待著他們父親的到來 —— 隨著歲月的流逝，他們會感受到越來越多的歡樂，越來越少的悲傷，直到上帝讓他與自己的孩子們重新相聚。在我們的祈禱裡，請絕對不要忘記為他祈禱。」

稍微停頓了一下，伍沃德接著繼續發表布道演說。他

的演說沒有使用任何華麗的辭藻與演說的技巧。但我認為這是我人生中聽過的最為感人與激盪靈魂的演說 —— 伍沃德說出的任何語言似乎都是從他的靈魂深處迸發而出的，代表著一種人性的天才！

　　幾個月後，伍沃德去世了。當時他坐在椅子上，突然間就溘然長逝了。他生前經常對我說，他不希望死在床上，不喜歡別人用床上的杯子蓋住他的下巴，不喜歡床邊全是一些藥瓶。他說要是在這樣的環境下去世的話，肯定不會產生任何有益的影響。長久以來，他的心臟就一直有問題。當別人發現他的時候，他正坐在椅子上，頭部傾斜下來了，彷彿在睡覺，臉上似乎依然帶著微笑。他的一隻手依然緊緊地握著一支鋼筆。在他的葬禮上，我從未感受過教眾如此發自內心的悲傷。在他去世一個月之後，他的姐姐也去世了。在他的姐姐去世之後的一週，我步行來到教區長的管區，發現那座房子已經被拆除了。伍沃德的書籍也被成捆成捆地打包好，之前整潔明亮的書房此時也沾滿了灰塵，顯得非常凌亂。看到這個原先充滿美感，閃耀著思想光輝的地方竟然突然間分崩離析了，讓我產生了一種難以名狀的情感。這一切都結束了！但這一切都還沒有結束。很多對伍沃德心存感激的人沒有忘記他。他之前所

說過的話與他所做的善事，依然在指引著這個教區十多戶簡樸家庭的言行。如果死亡最終會到來，那麼他會懷著淡然的心情去面對。可以說，在我認識的所有人當中，伍沃德是唯一一個能夠笑看生死的人。

第十九章

第二十章

　　伍沃德去世之後，誰將會成為他的繼任者呢？在接下
來的幾週裡，我們都在焦急不安地等待著。一天早上，
吃完早餐後，有人將一張卡片遞給我 —— 上面寫著西瑞
爾‧卡斯伯特牧師。於是，我走去客廳，見到母親正在與
一位年輕牧師進行交談。這位年輕人見到我之後，馬上
站起來，告訴他是新來的教區牧師。他表示自己冒昧地前
來拜訪我，希望聆聽我的一些意見。他說，之前有人跟他

第二十章

說，我是這個教區擁有一定影響力的人。我對這位年輕牧
師展現出來的形象有了先入為主的好感，也許是因為他對
我個人影響力的一種誇大說法吧。他是一個個子不高的
人，有著古銅色的皮膚，看上去充滿活力。他留著一個中
分髮型，頭部兩側則留著金屬般的頭髮。他的雙手雙腳都
很纖細，給人一種陰柔的氣質，但走起路來還是正常的。
他是一個非常冷靜的人，說話時聲音很柔和，臉上總是掛
著微笑。與此同時，他的話語也給我一種充滿力量感的印
象。他穿著一件有點寒酸的舊牧師衣服，但他的帽子與外
套似乎因為穿的太久了，都變得有點發綠了。不過，他顯
然是一位有著良好品格的紳士。我猜想，他可能是某位鄉
紳的兒子，他之前可能上過公立學校與牛津大學，他可能
之前在一個較大的工業城鎮上擔任過一年以上的助理牧
師。當我們坐下來慢慢聊天的時候，我對他的印象變得越
發清晰了。他的下巴肌肉顯得非常結實，我覺得在他柔和
的舉止背後，隱藏著一股強大的自制力。他的雙眼散發出
來的光芒讓我想起那些狂熱分子的眼神，給人一種寒冷的
感覺，顯得那麼的空洞與難以捉摸，無法讓你一眼看到他
的靈魂，但他始終以非常明亮且堅定的目光看著你。

　　在他的要求下，我陪著他來到教區教堂與教區牧師

住宅。來到教區牧師住宅之後，他坦率地對我說，他是一個貧窮的人，因此無法按照前任牧師那樣去做。「事實上，」他微笑著說，「我認為按照前任牧師那樣做也是不對的。」我說我從來都不會從物質層面上去看待宗教，但我也表示，伍沃德之前的一些安排對這個教區產生人性化的影響。在教堂的時候，他對教堂的整潔乾淨以及教堂建築散發出來的總體氣氛感到滿意。但是，他在看到聖壇上一些簡單的布置擺設之後，臉上露出不滿的神色。我注意到當他走進教堂的時候，微微地彎著腰，嘴上呢喃著幾句祈禱的話語。當我們在這座教堂裡查看了一遍之後，他對我說：「先生，坦白地說，我不知道你對此有什麼樣的觀點，但你覺得這座教堂給人一種什麼樣的情感基調呢？」我說我也不知道該怎樣去進行描述 —— 只是說教堂當然會對教區居民的日常生活產生重要的影響，但我認為伍沃德牧師之前的一些做法可能是較老式的。「是的，的確是這樣啊！」卡斯伯特嘆了一口氣說，接著他用疲憊的眼神向四周看了看，然後聳著肩膀。「祭壇上這樣的布置擺設，其實是對聖餐的一種不尊重啊 —— 根本不符合天主教教堂的儀式以及傳統。我看到，教堂裡甚至沒有第二個祭壇。我的上帝呀，他派我過來這邊，可能就要改變這樣的情況

第二十章

吧。」

　　在我們離開教堂之前，他雙膝跪地，進行祈禱，似乎完全沉浸在自己的世界裡。

　　當我們走到教堂外面，他對我說：「我可以跟你說些事情嗎？我剛剛從我的一位朋友那裡回來，他是 A 地的一位牧師。可以說，他幾乎擁有著所有的一切。他是一個高尚的人 —— 如果我能夠模仿他那樣做就好了。」

　　我知道，A 這個地方有一個很龐大的鐵路火車站。我心想，卡斯伯特牧師可能沒有完全明白，我們這個教區是多麼的鄉村化。我回答說：「我認為，在我們這片教區裡，教會也許沒有太多發揮自身力量的空間與餘地。我們這裡有專門的閱讀室與俱樂部，但都辦的不是很成功。人們在晚上的時候都不願意走出家門。」

　　「閱讀室與俱樂部。」卡斯伯特用相當輕蔑的口吻說，「我的意思絕對不是說那些東西 —— 我在想怎樣才能做一些更加接近教眾心靈的事情。赫里斯有著焚香與燈光，還有一些聖餐法衣，他保留了聖餐的儀式 —— 你可能會在進入教堂的時候，看到十幾名教眾在神龕面前下跪祈禱 —— 他經常對我說，在當今這個充滿著惡習與罪惡的時代，如何才能讓自己的心靈始終充滿著希望。他說，如

果在這樣安靜的教堂裡，人們都無法找到這樣的神性祝福，那麼他們更無法在其他地方找到了。赫里斯的一位妹妹也在他所在的教區裡，過著非常嚴謹的生活。他們從未離開那個女修道院，經常要花上一整天的時間去進行調解。在過去 15 年的時間裡，聖餐儀式一直保存下來了。接著，教會也要讓教眾進行真誠的懺悔。當我看到一位平時說話粗魯的挖土工人跪在穿著刺繡聖衣的赫里斯面前進行懺悔的畫面時，我的內心因為激動而感到興奮。這些教眾都告訴他內心的祕密，他則幫助他們更好地感受上帝帶給他們的寧靜。赫里斯所在教區的一些工人經常都會前去教堂懺悔。哦！赫里斯是個非常高尚的人。他對我說，他根本沒有時間外出拜訪別人 —— 可以說根本沒有任何空閒的時間。他將自己的每一天都用於深化教眾的信仰 —— 將每個小時都投入到教會的工作上 —— 他每週都要抽出 10 個小時去聆聽教眾的懺悔，每天都要花兩個小時用在禱告臺上。他說如果自己沒有對上帝極為虔誠的信仰，是不可能有如此強大的動力去這樣做的。他的布道演說是充滿美感的，他的演說完全是發自內心，根本不需要事先的準備。他說自己已經學會了相信上帝的精神，只是說出了上帝告訴他的話而已。」

第二十章

　　「除此之外，他還非常重視教堂的唱詩班，那些唱詩班的成員也非常忠誠於他。看到他指引穿著白色袈裟的唱詩班成員一起沉思的畫面，的確是非常震撼的場面。赫里斯是一個有著極為溫柔精神的人 —— 我親眼見過他與助理牧師一起用過餐。當這位助理牧師一提到耶穌基督的母親時，眼淚差點都要掉下來了。也許，我不應該跟你說這些事情 —— 我就是對這方面有著過分強烈的熱情了！但是，看到他那樣虔誠地服務上帝，讓我的內心產生了無限的動力，希望能夠打造出一個真正的天主教中心，更好地消除新教這個影響英國發展的毒瘤。還有一件事十分讓我印象深刻。當我聽到他的一位粗魯的教眾 —— 此人是一位扳道員，之前因為酗酒而放浪形骸 —— 現在竟然能夠浪子回頭，以非常簡樸的方式忠誠參加彌撒聖祭。這讓我感動到差點都要留下淚水了。這是多麼讓人感動的一個場景啊！只有真正的永恆才能讓我們從可怕的損失中走出來，只有對上帝真正的信仰，才能將加在英國民眾頭上的不幸全部消除掉。」

　　我對他的這段話感到非常困惑，因此不知道該怎樣去進行回答。我只是應付他說，我認為這個教區在這方面做的還不錯，並且準備將他視為我的朋友。「是的，」卡斯

伯特說，「這是一個非常好的開始，但我們不能僅僅滿足於此。教區的教眾必須要將牧師視為一位能夠讓他們看到上帝神祕的引路人——他們必須要隨時準備向他敞開心扉，他們必須要意識到，只有通過那些得到耶穌基督認可的牧師，最高級的精神祝福才能降臨在他們身上：只有教區牧師才能寬恕他們的罪過，讓他們擺脫罪惡心理的束縛。」

我感覺沒有必要讓卡斯伯特覺得我在這個問題上與他是看法不同的，因此我說：「嗯，你肯定知道，你說的那些儀式在這個教區裡都是教眾們所不熟悉的。伍沃德擔任牧師期間，就很不贊同懺悔這樣的行為——他認為，習慣性的懺悔行為會弱化一個人的道德本性，並造成一些人出現歇斯底里般的自大行為——雖然沒有誰比他更願意隨時傾聽教眾們的煩惱，並在他們遇到困難的時候給予他們一些建議。至於你說到的贖罪問題，我是較為贊同伍沃德牧師的看法，他認為只有上帝才能寬恕罪惡，而牧師只能對上帝寬恕的理由進行一番解釋而已。對那些內心感到迷惘的人來說，他們更容易理解比如寬恕罪惡這樣的大道理。」

卡斯伯特臉上依然露出微笑，但這樣的微笑顯得不是

很自然，他說：「我希望你能更好地理解我的觀點 —— 很多人都不明白牧師的職權都是耶穌基督本人所授予的，難道這真的不代表什麼嗎？這實在是讓人感到失望。」

「是的。」我說，「當然，牧師在這方面是公認的權威，而且他們肩負著神聖的使命。但是，至於牧師要將這樣的責任賦予那些信徒們，這似乎會讓牧師本人再也沒有了這樣的能力 —— 那些教眾就會認為，自己以後在犯下罪惡行為後不會遭受任何懲罰，可以去做一些傷天害理的事情。」

卡斯伯特說：「這些純粹都是某些地方教會制定的臨時規定而已，我們顯然是要廢除這樣的規定 —— 因為這些規定是缺乏信仰的表現。我們必須要讓教眾感受到宗教的歷史以及其永恆性。」

「我不記得，」我說，「在《福音書》裡還有這樣的規定 —— 但是，你會承認教眾擁有一種自願的能力嗎？即便是從激進的角度去看，如果牧師在受到懺悔者欺騙的情況下，赦免了他的罪惡，那麼上帝也應該接著赦免此人的罪惡嗎？」

卡斯伯特皺著眉頭說：「對我來說，這不是一個可以理論化的問題。這純粹是一個現實的問題。我是以這樣的

方式去看待的 —— 如果一個人得到了牧師的寬恕，那麼他肯定能夠得到上帝的寬恕。如果他無法得到牧師的寬恕，那麼他就不敢保證自己能夠得到上帝的寬恕。」

我說：「我認為這完全是一件關乎內心懺悔的事情。但是，我不想跟你就就此進行一番神學的爭論 —— 我想我們在一些核心的問題上還是一致的。」

我們一邊走路，我一邊指著當地一些美麗景色 —— 遠處一片開闊的丘陵地帶，圍繞著北邊地平線上的一片黑色森林 —— 但他似乎用相當的冷漠看著這些景象，他的內心充斥著太多天主教的傳統思想了。

幾天之後，我聽說他接受了教職。在他搬到教區牧師住宅，忙著用非常簡樸的方式去裝飾這座房子的時候，我們邀請他前來一起聊天。伍沃德當年那個溫馨愉悅的書房變成了一個沉悶的圖書館，很多書只是擺放在書架上，地毯換成了席子。卡斯伯特一直都希望能夠穿上白色袈裟，帶著黑色聖帶，坐在那裡進行沉思。但我不認為他能想出什麼深刻的道理 —— 只是這樣的環境布置讓他的內心感到愉悅而已。他的臥室變成了練習演說的地方，房間裡還掛著一個很大的乳白色十字架。他所說的飯廳其實就是一個做飯的地方。他的想法就是讓兩個年輕人過來幫他做一

些家務和煮飯，幸好他的這個計畫最終沒有實現。因為他要求這些年輕人都穿著白色的袈裟，綁著繩帶，然後將他們稱為凡人修士。另一方面，他又是一個喜歡拜訪別人的人，前提是別人不與他談論一些關於神學方面的話題。他是一個性格開朗、充滿憐憫心且有一定幽默感的人，有著一位紳士具備的一切素質。我在一些問題上越是不同意他的觀點，就會在心底裡越發喜歡這個人。

　　一天晚上，吃過晚飯之後，我們坐下來抽菸 —— 他的菸癮很大 —— 我們做了一番嚴肅的討論。我對他說，我想要了解他對教堂工作理論的看法。

　　「這其實可以從兩個方面概括。」卡斯伯特說，「天主教的機制與傳統。我認為，宗教改革對我們這個國家造成了難以彌補的傷害。我必須要坦白地說，與羅馬天主教的分道揚鑣也許是不可避免的，因為一些教條的落伍過時已經跟不上這個時代的發展了。但是，我們不應該因此而一刀切地拋棄所有有益的方式與傳統，不應該將過去那些幫助他人，憐憫弱者等信條都拋棄掉。這肯定要比清教徒們砸碎雕像，或是摧毀教堂裡那些美麗的雕花窗戶更好啊！」

　　「是的，」我說，「但是，天主教傳統從何而來呢？」

「從初期教會而來，」卡斯伯特說，「當我們追溯宗教的歷史時，就能發現初期教會的存在。那個時候的宗教儀式就已經有了很多非常值得效仿的儀式，我認為重新恢復那樣的儀式，是我們必須要肩負的一個神聖職責。」

　　「但是，」我說，「那要追溯到人類的起源了，難道不是嗎？你不會說他們在那個時候就已經得到神性的認可吧？」

　　卡斯伯特說：「事實上，他們的認可本身就是具有神性的。我們可以閱讀耶穌基督在人生最後的時光裡所說的話。祂『向教徒們說了很多與上帝的天國相關的話語』。我本人認為，只有認為耶穌基督是在放下這些嚴謹的儀式，才能讓教眾更好地感受祂的天國的解釋是合理的。我不認為這是一種誇張渲染的說法。」

　　「但是，」我說，「難道耶穌基督的核心原則不是反對這些嚴謹的儀式嗎？難道祂在聖餐上不是選擇了人類日常生活中最為簡單與謙卑的方式 —— 就是吃與喝嗎？難道祂不是經常指責那些法利賽教派教徒們過分執著於宗教傳統的做法嗎？」

　　「是的，」卡斯伯特說，「他們忘記了耶穌基督法則中更為重要的事情。但祂是贊同他們所採取的儀式。祂說：

『你們應該這樣做，不要讓別人不去這樣做。』」

「我認為，」我說，「耶穌基督肯定是希望他們能夠在這件事上遵循各自的良知。但可以肯定的是，《福音書》上的核心教義，就是讓教眾慢慢擺脫一些傳統的束縛，讓他們在遵循核心原則的基礎之上過簡單的生活。」

「我不同意你這個觀點，」卡斯伯特說，「教眾崇拜的本能，以虔誠的方式去表達精神情感，以及用象徵性的方式去表達神性真相，這些都是貶低的說法，但這就是事實。耶穌基督就曾以優雅的方式對這樣的本能進行過定義，使之神聖化。我認為教會在這個問題上應該遵循真正的指引。只有這樣做，才能慢慢建立起天主教機制與傳統。」

「但是，」我說，「教會到底代表著什麼呢？有很多人的想法與你堅持的想法是完全相悖的，但他們也是最為虔誠的基督徒。」

「他們在這個問題上都受到了極大的誤解，」卡斯伯特說，「並且為此遭受了難以彌補的損失。」

「但是，這一切最後要由誰來決定呢？」我有點惱怒地說。

「大公議會就可以進行決定。」卡斯伯特說。

「你是說聖公會？」我問。

「哦，不是的，」卡斯伯特說，「當然，聖公會可以這樣做。但是，沒有任何一個公會能夠代表所有的教堂，並且維持其神性的繼承權。」

「但是，」我說，「你肯定知道這是不可能做到的。誰能夠召集舉行這樣的公會呢？誰有資格去參加這樣的公會呢？」

「這就不是我所能回答的了。」卡斯伯特說，「我也不希望出現這樣的公會。我清楚自己擔任的職位所要肩負的責任。只是你與其他想要犧牲基督教最為神聖部分的人，才需要解決這個問題的答案。我對自己所知的一切感到心滿意足，懷著謙卑與忠誠的心去履行自己良知所要求去做的事情，然後努力讓教眾明白我的良苦用心。」

此時，我感覺要是繼續跟他談下去，我肯定會控制不住脾氣的。但奇怪的是，雖然我對他的這些觀點不是很贊同，但我還是非常尊重他這個人。

最後，我必須要說，他在這個教區沒有扮演很重要的角色。伍沃德生前的那種安靜、細緻的父親般工作已經做完了。但是，卡斯伯特最後也還是說服了一些女性進行懺悔，他對此也感到心滿意足。他按照自己的想法去裝飾教

第二十章

堂，很多教眾都認為裝飾之後的教堂變得更加美觀了。雖
然教眾不明白卡斯伯特在布道演說裡所談到的內容，但他
們對他的演說也並不反感。至於他所穿的法衣，教眾不是
很理解，但也還覺得很有趣。他們都喜歡見到卡斯伯特，
因為他是一個性格開朗且幽默的人。卡斯伯特經常會拜訪
教區的民眾，非常勤勉地舉辦每日祈禱的儀式，雖然參加
的人寥寥無幾。他負責的教會在這個教區裡沒有產生多大
的影響，我擔心，如果他知道自己的社會影響力要比教會
影響力更大的話，可能會深深刺痛他的心。從個人來說，
我認為他是一位友善的鄰居，一位相當隨和的朋友。我們
進行過很多有趣的對話。當我的惱怒情緒有可能會讓我想
要獨處的時候，或是當我想要發洩心中不滿的情緒時，我
都前去教區牧師的住宅，與他進行一番神學方面的爭論。
這樣的爭論不會給我或是卡斯伯特帶來任何傷害。我們還
是非常要好的朋友。事實上，卡斯伯特還說，在他所認識
的信奉伊斯拉圖學派的人當中，我是最為親切和善的。

第二十一章

　　讓我試著去描繪一幅我所能看到或是能想到最具田園牧歌氣質的學者吧。他們的形象在很多書籍裡都能看到。他們都是出身於高貴家庭裡的紳士，有著一雙明亮的眼睛，有著一雙脈紋分明的雙手，願意坐在手稿已經發霉的書房裡工作 ── 只有上天才知道他們在進行著什麼研究，或是為什麼要待在那樣發霉的書房裡 ── 這些人以某種朦朧的方式去觀察到宇宙的運行，卻從來不會在乎自

第二十一章

　　己那位喜歡閒聊的金髮女兒，只是會在她們的額頭上親吻
一下 —— 如果真有這樣的人，也是很難碰到的。

　　　在距離村子一兩里外的地方，有個很小的集市城鎮，
這個集市城鎮的四周是一片陡峭的山谷。羊群在斜坡的天
地裡啃著草。在這裡，還能看到許多房屋煙囱的頂帽與後
花園。在山谷彙聚的地方生長著茂密的樹林，還有一條到
處都是鱒魚的小溪，這條小溪流經接骨木，最後在樹林的
角落裡潺潺流淌，最後滿溢過了草地與柳草 —— 夏日，
在這個地方能夠聞到一股甜蜜的味道。你不需要一定沿著
大路走，可以沿著一條清幽的小徑前進，這些小徑都是一
個階梯接著一個階梯，以一種休閒的方式延伸下去的。
走了一裡路之後，就會看到這條小溪會在你的左邊泛起
泡沫，最後沿著一條古老的農場小路消失不見了。冬天的
時候，你可以在那裡看到很多卵石與泥漿。就這樣，一邊
是小路一邊是河流的情景最後都會消失在森林盡頭。這裡
的灌木叢有著粗糙的根部，根部的四周則生長著茂密的蕨
類植物。在一個多雲的夏日，這裡就像一個溫室，花朵都
在這樣溫暖的空氣下茁壯生長。這條路漸漸地沿著高處延
伸，經過一間農舍，這裡在古代曾是一間莊園的所在地：
農舍的牆壁上爬滿了綠色的青苔與苔蘚，還能看到一個有

趣的古代標誌，那是一頭黑熊用爪子拿著一根粗壯的木棍的形象。這個農場的四周都被蔓延開來的月桂樹所圍繞，裡面還有一個小花園，花園的四周都用樹籬圍繞著，能夠聞到很多草藥植物與美洲石竹發出的香氣，還能看到一些發出嗡嗡聲響的蜜蜂在那裡築巢。打開牛棚的大門，往裡面繼續走，我們就接近了這座山丘的頂部了：頂部的下方生長著一大片茂密的落葉松，這些落葉松是彼此緊挨在一起的。你不會想到在這樣的環境下，竟然還有一間房子。在種植園的一個角落裡，就有一扇有點生鏽的大門，有一條很少人走的小路可以直通到那裡。落葉松針落滿了這條小路，彷彿鋪了一層地毯。

　　此時，你會看到一間很小的黃色石屋，這不是一間非常美麗或是壯觀的房子 —— 只是看上去有點與眾不同，這座石屋就坐落在種植園的中央位置。石屋的頂端安裝有窗戶，四周還有高高的矮護牆，看不到明顯的屋頂，只有一個臨時拼湊起來的煙囪。整座石屋給人一種非常陰森的感覺。與此同時，石屋四周原本的圍牆早已經坍塌了，現在的矮護牆似乎是匆忙中建設起來的。一條礫石小路的兩旁長滿了野草，一直通向這座石屋。這裡沒有花園，但有一堵圍牆圍繞起來的土地，這片土地上生長著非常茂

盛的捲心菜。在石屋的大多數窗戶邊，都懸掛著看上去很骯髒的百葉窗，這些百葉窗是半掩著的。整個地方給人一種非常冷漠、荒涼的感覺。這座石屋已經有很多年的歷史了 —— 就我所知，這裡之前曾居住著一位隱士，他是一位接受過高等教育的人，之前在大學期間還獲得了很多榮譽，他沒有過著富裕的生活，卻也是一個很有能力的人。至於到底是什麼原因促使他隱居在這裡，我也不知道，我也沒有心思特別去打探這方面的原因。也許，他可能是走錯了人生的某一步，或是因為身體健康等原因不得不放棄自己光輝的事業，或是感受到了某種程度上的失望，或是患上了某種憂鬱症，或是他深思熟慮之後做出的決定。至於到底是哪一種原因，我不知道。不過，我希望他是出於最後一種原因。

　　年輕的時候，我也曾隱居過一段時間，因此我理解他選擇隱居在這個地方。他之所以選擇這個地方來隱居，可能完全是一種偶然的選擇。他可能喜歡在氣候溫和的地方待著，而山谷地帶的隱蔽性是最好的。他在這裡買下了幾畝地，然後種植了落葉松。在這塊地的中央位置，他蓋我上面描述過的那間石屋。

　　往裡面走，能夠看到超乎你預期的美麗。這裡的出口

非常狹隘，或者說沒有什麼出口，只有一條很陡的階梯可以通到上面去。在你前面是一扇能夠通向其他地方的大門。你的左邊則有一扇能夠通向裡面房間的大門。房子裡有三個窗戶，窗戶外面的景色幾乎都被落葉松所遮蔽了，事實上，某些地方的落葉松甚至觸碰到了房子，並在微風吹拂時碰到窗戶。房子裡的各個房間幾乎都沒有怎麼裝修過，地毯的顏色幾乎辨認不出來了，書架上還擺放著很多厚實的書籍。一張橡木桌子就擺放在窗戶邊，我們當年的那位隱士就坐在這裡吃飯。另一張桌子靠近壁爐邊，桌子上擺放著很多書籍。在大門的盡頭有一條很狹小的裂縫可以看到太陽的光芒，他以前就在那裡睡覺。但我認為，他可能好幾天都不曾上床睡覺，而是在椅子上打盹休息。牆壁上懸掛了兩三幅肖像畫，這些肖像畫都因為年代的久遠而發黑了。其中一幅畫描繪的是上世紀一位穿著軍裝的軍官，此人戴著一頂輪廓分明的三角帽。另一幅畫上則是一個帶著假髮的法官，還有一幅畫畫著一位穿著藍色絲綢衣服的痛苦女士與兩個孩子的情景。這位隱士當時唯一的僕人是一位看上去很堅強，年齡大約在 50 歲左右的女性，她看上去忍受著巨大的心靈煎熬，疲憊的雙眼似乎始終盯著地板看。我從未聽到過她說出三個連續的單詞。我聽

說，她並不是因為身體出現了什麼毛病而感到痛苦，而是因為她的雙眼能夠看到幽靈，當然她所看到的幽靈並不是出現在這間房子裡，而是看到四周樹林裡的幽靈。她曾對伍沃德說，「那些死人經常會在中午的時候靠在窗戶邊，然後召喚著她。」正因為如此，她在之後的 20 年時間裡，始終沒有走出過家門一步。期間只有一次例外。當時她的主人突然身患重病，而他居住的地方距離村子裡最近的人都有半里路遠。最後，這位僕人還是勇敢地走出了房子，叫人派來一輛馬車，將他的主人送去治療。

這位隱士非常喜歡研究歷史：但他從來不會進行關於歷史方面的創作，只是在書籍上寫下一些旁注。他對於外面世界發生了什麼事情一概不知，從來不看報紙，也從不會詢問別人外面到底發生了什麼事情。他不收任何人寄來的信件，他所收到的唯一包裹就是從倫敦圖書館寄來的一箱子書 —— 其中包括回憶錄、歷史專著以及上世紀一些人物自傳等方面的書。我認為，他對上世紀到目前為止英國在社會與政治領域方面有著非常細緻的了解。他從來不見任何人，只是會在一年之內見上伍沃德兩三次。我正是與伍沃德一起前去看望他的。我當時還藉口說，因為我缺乏某些書籍，所以無法繼續文學方面的創作。

我們來到了他的住所。他沒有起身來迎接我們，而是以非常真誠的態度向我們問好。他表現出了一種古典式友善，絲毫沒有表現出任何尷尬情感。他是一個身材高瘦的人，有著英俊的臉龐，頭髮有點蓬鬆，留著很長的鬍子。他似乎有著非常健康的身體。我得知他平時在飲食方面非常節制，也許這也能夠解釋他為什麼有著如此好的氣色與明亮的雙眼。他的菸癮不大，喜歡抽一種散發出香氣的菸草。他也遞給我一些菸草，但拒絕說出他是從哪裡得到這些菸草的。在我看來，他似乎對任何事情都無所期望，對人生也沒有任何的期望，只是希望僅僅活在當下。如果我能夠看到一個人平靜的幸福感以如此清晰的方式寫在臉上的話，那麼他就是這樣一個人。他與伍沃德一起談論了關於神學方面的話題，展現了一種良好的幽默感，彷彿他就是在與一個小孩子說話，你總是能得到他預想不到的聰明回答。他向我提供了我所需要的一些資訊，但他沒有表現出明顯的熱情，似乎他根本不願意繼續談論這個話題，或是不願意對這個問題進行深入的思考。

　　他的一種運動方式就是慢走。冬天，他很少會走出家門，只是會在有月光的晚上外出散步。但在夏天，他習慣天濛濛亮的時候就起床，然後在樹林裡散步。他散步的時

候從來都不會走人們常走的道路，而是會走一些人跡罕至的田間小路。他會連續走上好幾里路，在一般人睡醒的時候回到自己的家裡。天氣炎熱的時候，他經常會坐在一條小溪邊某個偏僻的角落，看著水流慢慢地流經一條狹隘的水溝，然後再流進一個很深的池塘。別人跟我說，他經常會一動不動地坐在那裡好幾個小時，雙眼始終盯著水面看，似乎沉浸於某種神祕的幻想當中。我認為他是一個沒有表達能力的詩人，他的內心就像小孩子那樣純真。

現在，很多人都喜歡以一種矯揉造作的方式談論著現代生活的喧囂與忙碌。毫無疑問，如果你想要去找尋這樣的喧囂與忙碌的話，肯定是能夠找到的。要是在這樣喧囂的環境中有所作為，你還是能夠取得成功的。但事實上，這就是普通人想要追求的目標。他們需要面對很多相互衝突的瑣碎職責，如果他們能夠順利完成這樣的職責，他們就會感覺自己是非常有價值的。但是，很多這樣的職責只有在其他事物存在的時候才具有價值。這是一個惡性循環。「這些田野都是做什麼用呢？」一位最近剛剛繼承了一片土地的鄉紳這樣對一位法警說。「先生，這些田野是用來種植燕麥的。」「那燕麥又有什麼用處呢？」「先生，燕麥可以用來餵馬。」「那我們餵馬又有什麼用處呢？」「先

生，餵馬是為了讓馬有力氣來耕地。」可以說，這就是當代生活的喧囂與忙碌所包含的主要意義。

　　有時，孤獨與安靜會帶來一種很大的壓力，但是如果你享受這樣的孤獨與安靜的話，那麼它至少是無害的，甚至可以說要比盲目地參加很多活動來得更好。也許，安靜與孤獨的性情並不會讓人們去探索新大陸，不會去贏得戰爭的勝利，或是讓帝國的版圖進一步得到拓展，或是累積更多的財富。但是，我們在物質層面上的任何收穫，都必然是從其他人手上獲得的。我們應該要知道人生的真正價值，了解我們所處的這個世界的真正本性，之後我們才能投身到這樣一個自我依靠的世界。過上自然的生活，找到人生的真正價值，過著簡樸的生活，不要成為偏見與錯誤思想的俘虜，這些都是人生的真正祕密：誰敢說絕大多數人都明白這道理呢？我認為，當我過著隱居生活的時候，我更加接近天國的世界，因為在那個世界裡，每個人所處的位置不是按照那些擁有自傳或是雕像的人去進行計算的，而是按照他們在安靜時刻對這個世界的思考來決定的。

第二十一章

第二十二章

　　今天，呼呼咆哮的大風終於停歇下來了。昨天一整天，大風都在每個角落裡咆哮著，猛烈的大風震動著窗扉，在煙囪上打轉，吹動著松樹林。現在，天氣明媚燦爛起來了，持續猛烈的大風已經慢慢將天上的烏雲吹散了。我在昨天傍晚的時候回來，看到整個天空是一團團濃密的黑色烏雲，風聲發出淒厲的聲響。現在，雨停了。雖然早上的時候下了陣雨，夾雜著一些冰雹，打在窗戶發出劈里

啪啦的聲響，但太陽已經慢慢從雲層中露出來了。

於是，我來到田野的小路上，漫無目的地在房子四周轉悠。草地上到處流淌著雨水，被雨水浸透的葉子發出一陣苦澀的味道。雜樹叢此時顯得非常荒涼，流淌的小溪發出嘶啞的聲響，整個小溪看上去是一片渾濁。休耕地與樹籬都被昨天的大風吹的到處都是垃圾。此時，我慢慢走到了一片陡峭的雜樹林，安靜地沿著淹水草甸上走著。接著，我又來到了一片開闊的森林地帶，看到一大把被捆綁起來的木材，一個牛欄被大風吹得凌亂不堪。之後，我走到了一條鄉間小路上，直到我看到了斯派菲爾德這座村莊，看到了那座用黑色砂岩建成的古老教堂以及那條喬治王朝時代就已經建成的小街道——那是一條非常乾淨整潔的街道——人們肯定會覺得，在這條村子裡生活的人們都是在晚上十點鐘準時入睡的，任何戰爭都不曾打到這個安靜的地方。

村子的外面，我的藝術家朋友坎普登建造了一間自己的房子。他的這間房子是洛可可建築風格的，用大理石做成的階梯，還做了一個圓頂屋。不過，要是你從遠處透過一片黑壓壓的樹林去看，就會發現那個圓屋頂會反射著太陽的光芒，讓人有一種異國情調的情感，似乎妖怪正在托

斯卡納的斜坡上將這個圓屋頂連根拔起，然後迅速地將其安放在一個陌生的地方。這一切似乎都是在黃昏與拂曉之內短短的幾個小時間完成的。坎普登這座房子是非常美麗的，與四周的磚砌建築形成了鮮明的對比，與那些石板做成的炮塔形成了鮮明的對比。

坎普登是位真正意義上的王子，是偉大的羅倫佐。他所創作的畫作能夠賣到很高的價錢。但在我看來，他的那些畫作不過是看上去不錯的壁紙而已。他還會裝訂書籍，製作家具、編織織錦，甚至還會烘烤瓷磚與陶器。在那座沒有窗戶的普通建築，就有一個很小的尖塔，這個所謂的尖塔其實就是一個隱藏起來的煙囪。除此之外，他還從一位去世的親戚那裡繼承了一大筆財富，因此他事實上已經是一位百萬富翁了。今天，我沿著這條陡峭的小路繞著他的領地走了一圈。當我看到一扇用鋼鐵製作而成的格子窗時，我停下了腳步。這扇格子窗會讓那些路過此處的人看到那條用樹籬做成的小路，小路的盡頭則是一樽用鉛做成的神祕雕像，給人一種浪漫的感覺。我認真往裡面窺探，看到坎普登穿著一件藍色的外套，肩上披著一件寬鬆的毛皮大衣，戴著一頂寬邊軟帽，打著一條紅色的領帶。他有著一雙明亮的眼睛，纖細的雙手，正在那裡若有所思

第二十二章

地躞步走著,呼吸著清新的空氣,然後用批判性的目光看著他這間豪華精緻的房子。要是我前來拜訪他的話,他肯定會歡迎的。事實上,他會歡迎世界上每個前來拜訪他的人 —— 但在今天,我卻產生了一種男孩般羞澀情感,這與坎普登威尼斯人那種豪放的氣質是不相吻合的。能夠在這樣的鄉村生活中遇到像他這樣的人,是件非常有趣的事情,但貿然前去與他聊天,似乎不是一件很適合的事情。對坎普登先生來說,我還是初級的隱居者,喜歡用詼諧有趣的方式來開玩笑。他會向我提出一些我根本不熟悉的問題,但這些都是他那充滿繪畫天賦的心靈給我留下的最深印象。在我第一次前去拜訪他的時候,我與他談論了附近田野的名稱。坎普登先生則與我談論了關於《末日審判書》(*Domesday*)方面的話題,我當時還沒有讀過那本書。他還曾以非常嬉戲的方式談論過自己對一些奇怪鳥類的興趣。之後,我看到坎普登先生有時會閱讀著《末日審判書》,有時則會站在山頂上欣賞著風景,或是在蘆葦叢生的小溪旁邊,認真觀察著老鷹與天鵝,就像一位羅馬的占卜師 —— 事實上,占卜師就是他給我起的名字 —— 當他向別人介紹我的時候,就經常會說我們親愛的占卜師。

坎普登先生對附近其他人有著無限的鄙視心態,但他

始終非常友善地對待他們，就像一個人以屈尊俯就的心態去聆聽一個鄉村孩子的扯談。當我看到他與附近一位年輕人一起聊天，這就會給我帶來很多樂趣。這位年輕人之前到過很多地方，是一位喜歡閱讀的人。他露出了羞澀的表情，因為他沒有辦法在談話過程中，向坎普登先生展現出自己的真實想法。坎普登先生馬上問他關於雞蛋價格或是一年幾次莊稼等問題，然後說他是「書呆子」。當坎普登先生不斷地向這位年輕人提出很多讓他感到緊張的問題時，他就會說：「我親愛的年輕人，我對這些事情一無所知，我會將這些事情留給那些評論家去處理。我在藝術方面是一個共和主義者。你與我都不應該去關注這些事情。我們現在置身於鄉村地區，我們必須要談論關於公牛的問題。請你告訴我，在上週的羅頓集市上，一個雞蛋的價格是多少呢？」

坎普登先生對於一切鄉村事務都一無所知，說著家鄉話，因此附近的很多鄉居都不明白他說的話是什麼意思。不過，若是從當地的歷史紀錄來看，他顯然是一個志得意滿的人。事實上，我認為，坎普登先生與一位著名的科學家談論農業方面話題的情景，應該是最為滑稽的事情了。聆聽坎普登先生向一位這方面的專家解釋他並不熟悉的農

業問題，真是讓人啼笑皆非，因為這位科學家根本不知道他到底在說些什麼。

　　不過，今天，我讓坎普登先生像一隻孔雀那樣，在自己的遊樂園裡自由自在地來回踱步，他的那條灰狗始終都跟在他身後。我慢慢地沿著淹水草甸往家的方向走去。我充分感受著一路上的孤獨以及清涼的空氣，走路的腳步非常緩慢，根本不計較一路上崎嶇的砂岩坑。我看到了小溪的水流滿溢出來了，然後流入了那些隱蔽的洞口。我到底有什麼想法呢？我也不知道自己到底有什麼想法。也許，在我的心靈裡潛藏著一些痛苦失落的夢想吧。當我孤身一人漫無目的地走路時，我就像一個手上拿著玩偶的孩子，希望這個玩偶能夠變換出更多的顏色。這樣的思想就是我的精神食糧。我知道這些想法可能始終都無法實現 —— 事實上，我也不希望這些想法能夠實現。但是這些童年時期的想法，依然在我的腦海裡某個角落裡盤旋。很多時候，我都會以很多愚蠢的方式將這些想法表現出來。

　　灌木籬牆上的草地變成了一片模糊的灰色，牛群踩著坑窪的道路上返回牛棚。村子裡燃燒的木材發出的刺鼻味道，都在預示著鄉村漫長的夜晚已經到來了。野雞在隱蔽處發出嘟噥與啼叫聲，慢慢地回到雞棚。小溪發出的潺潺

水聲變得越來越響亮。當我走到樹林的轉彎處，看到了金端那一塊龐大的山形牆，內心不禁泛起了一絲喜悅。大廳的視窗就像一雙紅色的眼睛，在充滿迷霧的山谷中愉悅地看著我。

第二十二章

第二十三章

　　我也說不上為什麼，但是獨自一人在森林裡行走，特別是在晚上的時候，通常都會讓我產生一種莫名的不安感覺，內心產生一種不現實的敬畏感。雖然這是一種帶有愉悅性質的感覺，卻也讓我感到一種恐怖的危險正在四周慢慢地潛伏。某些日子，當我的精神處於緊繃的狀態，樹林處於安靜的時候，我就會感到一種難以維繫的失落感。這

第二十三章

　　是一種始終縈繞在我腦海裡的感覺，這樣的感覺似乎始終都在跟隨、觀察著我，讓我感到無比困惑，失去了身為男人應有的氣質。這聽上去可能很愚蠢。因此，當我外出攜帶一把槍的時候，總是能在這樣的時候為我的內心帶來些許的安全感。但是，真正讓我產生這種莫名感覺的，卻是在我面對一條靜靜流淌河流時的情景。小溪是充滿生命力的，一般都能讓我的精神煥發起來，讓我的心靈得到慰藉。但當我看到一條長長的灰色河流時，加上河流的盡頭是一片荒涼的樹林時，這樣的場景讓我的內心感到非常的壓抑。每一種自然的景象都有屬於自身的敬畏情感，可以說，這代表著一種守護神。置身於一片開闊的草地，睜大眼睛望著天空，也會讓內心產生一種敬畏的感覺。在崎嶇的山路上，你彷彿能感受到那些嶙峋的怪獸正在用一種狂野般眼神看著你。在面對冰穴的時候，你似乎能夠感受到極端純潔的東西，似乎在違背著生命的本性。但是，這樣的感覺雖然也會給我帶來敬畏的感覺，卻始終無法與安靜的森林與河水相比。喬治・麥克唐納在他的著作《幻影》這本神奇的書就曾很好地談論過這樣的感覺。這是一種縈繞在你腦海裡揮之不去的情感，似乎正在樹林的背後窺探著你，或是在蕨類植物中用羞澀的眼神看著你，或是在黑

暗的灌木叢中睥睨著你。它們彷彿就在那些飽經風雨侵蝕的岩石上，能夠找到得律阿得斯與仙女們的存在。這樣的感覺會在人的思想裡留下極為深刻的印象。當你在暮色時從一片黑暗的森林走到一片與世隔絕的綠色草地時，看到四周都是高大的樹木，就會產生一種突然迸發出來的快樂感覺。這樣一種愉悅的感受似乎突然之間被某種狂野且超凡的感覺所替代，然後你那安靜的驚恐感覺會慢慢地消失在那些隱蔽的樹叢裡。如果一個人能夠更加謹慎些的話，那麼他就能從信任的同伴那裡獲得些安全感。

不過，我曾在古代的戰場上感受過一種更加黑暗壓抑的感覺。在那些人類曾遭受苦難的地方，這樣的情感似乎更容易被激發出來。我就曾在耶拿的一片鄉村、佛洛登的草地斜坡上感受過這樣的情感。當我看到一面坍塌的城牆或是古代一扇守衛城鎮的大門時，這樣的感覺就會油然而生。現在殘留下來的廢墟也許已經沒有什麼了，但對這些地方的想像卻始終會縈繞在你的腦海裡。在那些咆哮的風聲呼呼吹過的荒原上，在那些安靜的山谷裡，我都曾有過這樣的直覺，似乎這些地方存在著某種足以讓人顫抖的精神力量。在那些人類曾爆發過戰爭或是進行過爭鬥的地方，這樣的情感會自然而然地出現。在蘭東尼山谷下有個

第二十三章

地方是長滿青草的墳墓，那裡曾是發生過戰鬥的地方。當我來到這裡的時候，內心會產生一種難以控制的悸動。就是在這裡，當年那些野蠻的塞莫皮萊人就曾浴血奮戰。

我也曾在金端附近的一個地方產生過獨特的體驗。我認為，當我現在經過那個地方的時候，內心不再會產生之前的那些情感了。事實上，我必須要坦誠，當我獨自一人要前去那裡的時候，一般都繞路走，以避免經過那裡。那是古人留下來的一條小路，隱藏在樹林深處，經過一片雜樹叢，最後才回到一條大路上。在這個地方有著坍塌下來的穀倉，還有兩處的灌木叢以及柏樹，證明了這個地方以前是有人居住過的。這裡有一片青綠的草地，草地上種植著歐洲蕨，左邊則是一個深坑，有人之前曾在這裡挖過沙子。冬天的時候，這會變成一個水池。夏天的時候，這會變成一個生長著茂盛水草植物的池塘。我曾多次經過這個地方，每次經過這裡的時候，都會感覺這個地方安靜的出奇。小鳥似乎不會在這裡歌唱，樹林裡的野獸似乎也不敢在這裡到處亂跳。一個恥辱的祕密或是恐怖似乎籠罩在這個地方。在一個陽光明媚的早上，我懷著巨大的勇氣經過這裡，看到了兩位工人正彎下腰查看著地面上的一些東西。當他們看到我的時候，似乎顯得很猶豫，接著他們讓

我過去看看。那是一個可怕的畫面：這兩位工人從池塘的邊緣發現了一個死去孩子的殘骸，這個孩子被一些破爛的衣服包裹著，一些爛泥慢慢從小孩那個空洞的眼骨上滴落下來。水草都在殘骸裡面生長起來了。當這兩位工人經過這裡的時候，其中一人看到了這樣的場景。「這個地方過去就有一個不好的名字。」其中一位工人用莊重的口吻這樣說。據我收集到的資訊來看，這裡之前的確是有一座房子，住著一戶神祕邪惡的人，這是一個充滿著可怕罪惡與醜陋傳統的地方。這個家庭的人慢慢減少，最後只剩下一個孤獨的女人。這個女人從一個小農場那裡獲得卑微的食物。她因為常年的酗酒而導致精神失常。30 年前，她就去世了。這個農場因為長時間沒有出租，最後也坍塌下來了。這片土地上慢慢長出這些樹來。我在接下來的調查中沒有發現任何線索。我只能認為，那個小孩的屍體原本是放在一個鐵製箱子裡，防止他的屍體腐化。但是，箱子外面那些凝結的釘子已經完全生鏽了，可見這已經是很久的事情了。這樣一幅畫面：清晨的陽光，大家臉上不安的表情以及安靜沉默的樹林，將會在我的腦海裡留下永遠的烙印。

在金端的一些房間裡，我經常會感受到難以解釋的相

同情感。那個讓我產生這樣情感的房間，是在那座房子最高層那個空洞的房間：四周的牆壁都塗著灰泥，在四周是用彎曲的橫梁所支撐。透過那扇緊閉且沾滿灰塵的窗戶，陽光慘澹地射進這個房間。我不知道這個房間為什麼沒有裝修過。但據我所掌握到的資訊來看，我的父親從一開始就對這個房間表達了不滿意的情緒。這個房間呈現出來的古怪氣息，牆壁的一端有一扇小門，還有一個距離地面幾英尺高的碗櫃，這個碗櫃是打開的，並不是我們預想中的那種碗櫃，而是類似於閣樓的東西。你可以看到瓷磚，磚砌成的煙囪以及地板上那些塗著灰泥的板條。更加奇怪的是那扇窗戶，因為百葉窗是在這座房子建好的時候就馬上安裝起來的。房間裡幾乎沒有門，因此很難擠進去。但是，那個類似於閣樓的東西似乎是後來才添加上去的。在我看來，這個閣樓之前可能就是一個穀倉，人們透過滑輪將用麻布袋裝著的糧食搬到閣樓上。當然，這只有在房間外面有鐵製工具時才能做到。

現在，這個房間只是堆放著木材。但是，每個走進這個房間的人都能感受到一種奇怪的感覺，即便是那些第一次走進這個房間的人，也會不由自主對這個房間產生一種厭惡的情緒。我就想對抗這樣的感覺。一個明媚的下午，

我就曾將自己鎖在這個房間裡，希望透過純粹的理智思想將各種不好的想法全部趕走，努力抵制我在生理層面上的不良感覺。這間空蕩蕩的房間存在著某種東西，沾滿灰塵的地板，悶熱凝固的空氣，在慘敗陽光下漂浮起來的塵埃，還有那扇看上去非常狹小的門，這都帶給我一種無法用語言去表達的不安感覺。這個房間肯定是見證過一些不好的事情。一些身患重病的人之前可能躺在這裡，一些毫無希望的祈禱者肯定在這裡發出過無用的祈禱。肯定有孩子在這個房間裡出生，很多人的靈魂可能會在這個裝飾著古老面板的房間離去。但是，所有這些畢竟都是一些正常的事情。我相信，在其他房間裡，肯定也會出現類似於這樣的事情。某種輕盈的芳香與某些邪惡的行為都肯定出現在那些屋子裡，這樣的精神肯定已經穿透了牆壁與地板，浸透在房間的屋頂上，帶給人一種不安的壓迫感。在熱切的希望裡，我能夠看到一些古怪的事物正在慢慢地出現。我能夠在沉寂安靜的夜晚，看到一個臉色蒼白的頭顱正在從窗戶邊慢慢地升起來。讓人喘不過氣的安靜控制著這個房間，就像某些昏暗醜陋的齒輪正在慢慢地將繩索放下來，而那些粗糙的齒輪則發出嘎吱的咬合聲響。圓屋頂上的風向標則在閃耀著微光的黑夜裡散發出憂鬱的歌曲。人

第二十三章

　　的心智受到多麼強烈的壓抑，並且沒有能力去解決這樣讓
　　人悲傷的謎團，這著實讓人感到奇怪。

第二十四章

1891 年 9 月 10 日

　　在金端度過的歲月裡，我幾乎每天都會想去做一些讓自己感到快樂的事情 —— 其中就包括獨自一人騎馬慢悠悠地前進。因為健康緣故，我無法去做一些消耗更多體能的活動。我有一匹骨骼粗大、性情可親的馬 —— 可以說，對一匹馬來說，力量是必不可少的。在鄉村這個地方，要想到達四分之一里之外的地方，我們通常要在陡峭

213

的小路走一段路，或是在另一邊攀登同樣陡峭的小路上來。有時，我會騎著馬前往一個明確的目的地。我會騎著馬去找附近的某位農民，或是前往斯派菲爾德買些東西，或是前去較遠的地方拜訪一些朋友 —— 但是，最好的騎馬體驗，還是在心中不帶任何目的騎行 —— 因此，幾年裡，方圓 5 里的範圍內，沒有一條小路是我所不熟悉的。在方圓 10 里之內，沒有哪座小屋是我沒有前去拜訪過的。

　　對我來說，那些小路都是最具美感的。你可以沿著一條大路前進，然後走到一條稍微傾斜的沙路，沙路的兩旁種著榛子樹、桃葉樹以及橡木雜樹叢。接著，地勢急切地向下傾斜。經過了一些岔路口之後，你可以看到對面有一片傾斜的林間空地，或是繼續沿著這條孤零零的小路一直走到森林深處。關於這些樹木所打造的圍牆，似乎沒有任何吝嗇可言。因此，這裡的路旁通常會有一大片長滿青草的空地，灌木叢上長著荊豆或是樹木。你可以在這裡或是那裡發現一個很小的池塘，也可以在一個小幽谷中看到砂石曾被挖掘出來。在山丘的底部，你可以看到一條小溪正沿著一座有著白色扶手生鏽的小橋下面流淌。你可以看到小溪的岸邊都是一些砂石岩屑，四周還有赤楊木與水生植物在小溪中愉悅地發出一些聲音。你可以看到村子裡

很多房子都有護牆瓦，還有用木板做成的山形牆以及一個龐大的磚砌煙囪，兩旁則是一排排高大的紫衫木。這條小路的前方突然變成了一片充滿英國森林特色的草地，四周還有幾棵高大的山毛櫸樹，還有一些蕨類植物與樹苗都在那裡生長。當你騎馬來到一個更高的地方，就能看到一片開闊地帶，還能聞到石楠植物所散發出來的芳香。一簇簇的松樹都生長在山頂上。騎到山頂，就會看到一片寬闊的平原展現在你的眼前。你可以看到茂密的樹林，看到如波浪洶湧的山脈，還能看到炊煙從百余間房子的煙囪上升騰而起。此時已經陷入陰影的高地將地平線遮蔽起來了。接著，你可以騎馬前進一兩裡路，走到一條柔軟的白色沙路上，這條沙路沿著石楠屬植物彎彎曲曲。此時的陽光慢慢西沉，天上的雲團慢慢變成了紫色。在陽光下染成金色的海角與玫瑰色的峽灣是那麼的美麗。整個畫面的風景變得越來越模糊，充滿了浪漫的氣息，最後淹沒在金黃色的霧氣當中。終於是我要調轉馬頭回家的時候了。你可以慢悠悠地沿著到處都是青綠樹葉的幽谷前進，此時的空氣變得非常清涼，可以聞到樹木散發出來的芳香。從這些彎曲的小路與沒有溪流經過的沼澤地帶，你可以看到一個滿眼都是綠色的黃昏。在這一天的騎馬過程中，你可能不會見到

第二十四章

一個人 —— 一個年邁的農民可能會從村子田間的某個角
落，向你投來遲鈍的目光，孩子們在看到你回來的時候，
可能會在柵欄外面為你歡呼，或是發出叮噹響的牛車在經
過的時候，向你發出喃喃自語的問候 —— 唯一真正的聲
音，就是從灌木叢那邊傳來的鳥叫聲，還有樹木在微風吹
過時發出的沙沙沙響，還有那條看不見的小溪在發出的潺
潺流水聲，以及你的馬匹在沙路上馬蹄踏路發出的聲音。

　　在這樣安靜的時刻，人的內心到底在想些什麼呢？我
也不知道。我的思想就像一條悠閒流淌的小溪，每經過一
個地方就觀察它的景色。我注意到，這樣的觀察有著一種
不成熟的銳利感。雖然此時的你智趣功能處於一種停頓狀
態，卻讓你可以貪婪地感受著各種不同的印象：那些柔軟
如羽毛的青綠色植物，那些形狀怪異，成幾何形狀的露天
石礦場，那些彎曲的淹水草甸上露出的青青葉子，還有穀
倉屋頂上的石塊，白色的石礦場在遠處的山谷下反射著光
芒。附近的山脊上一排排的屋頂聚攏起來，似乎在支撐著
整片天空。

　　有人會說，在這樣的時刻，人的心智會變得遲鈍、狹
隘或是緩慢 —— 正如奧西恩所說的「我是山谷裡一條孤
獨的小溪，承受著狹隘靈魂的嘆息。」我不知道事實是否

真的如此，但我不是很同意奧西恩的觀點。我認為，人們肯定無法在這樣安靜的時刻學到演說的技巧，感受到幽默的思想或是心靈在與人交流時的碰撞，但這樣的情景會讓你感受到山谷所帶來的那種清涼，感受到綠色雜樹叢帶來的那種靜謐感覺，感受到小溪那種慵懶的流水給你帶來的滿足感。我認為，這樣的感覺是那麼的強烈，絲毫沒有被稀釋掉。心靈在這些日子裡所形成的觀感，可能會成為精神的一種基本的元素。正如杜鵑花要是在沒人照料的情況下，很容易變成紅花。因此，在這樣的時刻，人們可以透過對隱藏在文明行為下面的動物本能進行一番思考。但對我來說，當我沉浸於這樣的思想時，並不會帶來什麼不良的後果。事實上，我還專程為這樣的思考預留出了一些時間。對我來說，感受平和的心境，以安靜的方式感受自然，然後懷著純潔與柔和的精神重新回到文明世界，這是非常好的做法。

在獨自騎行過程中，唯一要擔心的是，如果騎行人內心懷著某些醜陋或是骯髒的想法，或是遇到了一些難以解決的問題以及進退維谷的困境，他們就會感受到思想是一片混沌的。在這樣的情況下，獨自騎行不會帶給他們什麼壞處，也無法帶來什麼好處。心智（至少是就我的心智而

言）在處於孤獨的時候，始終都有一種方式去保持希望與
樂觀的精神，始終都會盡可能地保持一些善意。那些焦慮
的精神會慢慢地催生出來，讓我們對一些問題做出惡意的
想法，然後反覆地在內心深處演練著這樣的行為。在這樣
的時刻，我感覺自己就像天方夜譚裡的辛巴達，雙腿突然
間變得輕盈，像那個無法擺脫糾纏的人那樣，用雙手纏繞
在他的脖子上。但是，當這樣的情緒發生轉變之後 ——
就會感受到一種有趣的變化，這可以是陽光明媚的一天，
也可以是有趣的朋友前來拜訪 —— 或是任何可能會讓你
的思想遠離泥潭的想法，都會讓我重新恢復精神。我也會
重新恢復往日平靜的內心，為自己從沮喪壓抑中獲得力量
而感到高興。

第二十五章

　　我經常會想，要是我們與其他人社交時，可以做到更加簡樸與直接的話，會讓我們的生活變得更加輕鬆。當然，要想做到這點，我們首先要克服的一大難題，就是自身的羞澀情感。這樣的羞澀經常會讓男女在面對陌生人時不知所措。但是，一個極為自然的人又是多麼容易激發其他人的自然情感啊！要是我們沒有對自我主義的一種健康看法，是很難產生這種自然情感的。當我們一開始就試圖

第二十五章

去質問別人的話，是很難讓對方放鬆警惕進入自然的交流狀態的。相反，如果一個人從一開始就以愉悅坦誠的方式去談論自己的興趣愛好，那麼其他人也會不知不覺地進行簡單模仿。如果展現出這種自然情感的人不是一位強烈的自我主義者，如果他真的對別人感興趣，如果他能夠放棄自己對某些問題的固執，那麼很多在交流上的問題都會迎刃而解。

　　一天，我騎著腳踏車準備前往斯派菲爾德，我要去那辦些事。我看到另一位騎腳踏車的人走在我前面。他是個身材高瘦的人，戴著一頂寬鬆的白色帽子。他在騎車的時候表現出了某種孩童般的熱情，這吸引了我的注意。如果前方是一個稍微陡峭的斜坡，他就會不斷地左右移動，似乎正在默默地鼓勵自己要騎上這個斜坡。他對每個經過身邊的人似乎都在說著話。我在身後大約半里的位置跟著他。他最後騎到了一個陡峭斜坡的腳下，這條路可以通到一個名叫絞架山的地方。他在半路停車，拿出一張地圖認真查看起來。當我騎車經過他身旁的時候，他用愉悅的口吻問我如何才能走到附近的一個村莊。我將自己所知的路線告訴了他。他說：「哦，不，我肯定你說錯了，那座村莊肯定有兩個你說的那麼遠。」我當時聽了就有點惱怒，

因為他的問題讓我感覺自己受到了一些冒犯。因此我說：「好吧，我在這裡居住了20年，對每一條路都瞭若指掌。」這位陌生人用手拿著帽子，說：「我要向你真誠地道歉，我剛才不應該那樣說的。」

　　我懷著悠閒的心態打量著他，他是個身材高瘦的人，模樣長得很誇張。他有著一個又大又細的頭部，還有一個又長又尖的鼻子，有著隨時露出微笑的嘴巴，一雙黑色的眼睛，還有一臉的絡腮鬍。我立即認為，他應該是一位從事某個行業的專業人士，可能是律師、校長甚至是牧師，雖然他所穿的衣服沒有絲毫牧師的味道。他說：「這裡就是地圖的盡頭了，我們一起來商量下這個問題吧。」我心想反正也不著急去辦事，於是就答應了。他指出了他想要前進的方向。他說：「現在，那列火車還有一個小時就要出發了，我想要輕鬆趕到那裡 —— 我不知道該怎麼走，這讓我感到非常焦慮。」我對他說，如果他知道該怎麼走的話，那麼事情就很簡單，他可以準時趕到火車站。我接著說，我本人要去的地方也要經過一個火車站，因此他可以在附近的城鎮搭乘同一班火車。他用狐疑的眼神看著我。「你確定嗎？」他大聲問道。我說：「我對這裡的火車站瞭若指掌。」此時，他正在看著手錶上的時間。「好

第二十五章

吧，」他說，「你說的對，所有的火車都不在這裡停靠的。我沒有其他辦法了，只能相信火車會在其他站停靠了。」我們一起騎車來到山頂上。我對他說，我們可以一起騎車走。他愉快地接受了。「我認為這是最好的辦法了！」當我們一起騎車的時候，他的腳滑了。「你也看到了，」他說，「這些都是新靴子 —— 圖案很好看 —— 但是，靴底很光滑，因此很容易打滑。」我回答說，穿新的靴子騎車的確很容易打滑，因此最好還是將靴子放在地上磨一下，增加摩擦力。他高興地說：「你說的對！當我回去之後，我肯定用指甲剪這樣做。」接著，我們一起騎車出發了。騎了一段距離之後，他說：「我平時騎車不是這個節奏的，很快的騎車節奏會讓我感到不舒服。」我對他說，他可以用自己舒適的節奏去騎車。接著，他又開始談論關於鄉村的話題了。他說：「跟你說吧，我是一名從事運輸行業的人，我一直希望能夠生活在這樣有著綠色植物與一排排榆樹的地方。我在城裡住了好多年，但我一直都想在鄉下生活。在這，我才感覺自己很舒服。我之前過著艱辛的生活。告訴你吧，我即將要做出這樣重要的改變，必須要在鄉下生活了。你對生活在鄉村與城市的各自好處有什麼看法呢？」我對他說，生活在鄉村的唯一不便之處就是很難

找到僕人。「說的對！」他說，似乎我剛才的回答解決了他內心的謎團。「但是我可以克服這樣的困難。多年來，我已經教會了僕人應該怎麼做。他們都是有很強模仿能力的人，並願意跟隨著我去任何地方。事實上，他們也更喜歡在鄉下生活。」

在這樣愉悅的談話過程中，我們輕鬆地騎過了很長一段路程。很快，我們就來到了一個岔路口。我向他指出了他應該要走的那條路。「好的。」他用愉悅的口吻說，「快樂的時光總是過得很快。我必須承認，有你作伴一起騎車真是一件快樂的事。我也很感激你對我的幫助。也許，我們以後還能再見面。如果我們以後無法再見面了，我也會為我們認識過而感到高興。」說完，他小心翼翼地將腳放在腳踏板上，然後歡樂地對我說：「再見了，我的朋友！」他一邊說一邊向我揮手道別，很快就消失不見了。

一想到這個世界上有許多如此勇敢且愉悅的人，能夠感受到如此簡單的樂趣，就讓我感覺世界是美好的。正如我們從荷馬詩中讀到的那樣，那些眾神都以人類的形式呈現出來，都在不斷地講述著冗長且完整的不可靠故事，用來說明他們在某些特定的時間與地方出現。我有時也會想，那位有著孩童般心靈的交通行業從業者，是否也能

第二十五章

　　以那樣的心態去感受日常生活中的這些最小的細節呢。當
然，我希望他能夠做到這點，因為我不喜歡那些戴著面具
的天使。

第二十六章

　　是否每個人都曾經有過這樣的感覺,就是在某個特別的時刻,或是遇到了一件有趣的事情,突然就感受到了生活的美感與樂趣嗎?我經常試圖去分析這些時刻所組成的必要元素,這種核心的元素是那麼的微妙,很難真正地加以分析。這樣的感覺是很難去進行精細衡量的,也無法透過個人有意識的準備去獲得。關於這些細微的美妙感覺,我注意到一樣東西 ── 這樣的感覺並不總是在一個人內

第二十六章

　心平靜、身體健康或是安靜的時候到來的 —— 有時，會在人感到疲憊或是不安的時候出現。但是，這樣的感覺卻是人生中最為純粹的東西，就像大浪淘沙那樣，最終得到閃閃發光的金子。

　　今天，我感覺自己比以往任何時候都不耐煩。一週下來，我感覺自己都在忙著一些非常棘手的事情 —— 就是那種無論你怎麼去做，都無法感到滿意。在徒勞無益地進行了一番努力之後，我最終選擇了放棄，準備走出家門騎腳踏車散散心。當時，外面吹著柔和的風，6 月的陽光也是那麼的溫暖。蔚藍的天空上漂浮著一團團白色的雲層，這些雲層似乎正在慢慢變黑，預示著可能會下雨。我騎著車在附近一塊平坦的土地上行進。我經常發現，每當騎車來到這片丘陵地帶，呼吸到一望無際平原上的那些清新空氣總是能夠讓內心變得平靜下來。平原上的草生長得非常濃密，每顆草似乎都在耷拉著腦袋。我懷著嬉戲的心態騎車轉向了一條看不到盡頭的小路，看到一條可以讓二輪運貨馬車行駛的岔路，這條岔路一直通向農場 —— 在小路的盡頭就能看到一片青綠的草地，還能看到一兩間木屋，還有一條可以通向田野的鄉間小路。

　　我心想，為什麼我之前沒發現這呢？穿過灌木叢中的

一個縫隙，可以看到一片很寬闊的牧場。牧場四周環繞著大片高大的榆樹，還有一排排的柳樹佇立在遠方的地平線上，它們的陰翳遮蔽著一條小溪。在我前方的牧場有一條寬闊的長方形池塘，池塘裡面生長著睡蓮。池塘的一邊生長著一排排高大的馬栗樹，池塘的盡頭則生長著很多接骨木，接骨木上結出了很多白色的花朵。在這片牧場上，有一匹老馬正在吃著草。一隻鴿子則慵懶地在樹上飛來飛去，接著飛到池塘邊喝水。這就是我所看到的全部畫面。但是，這個畫面讓我的內心產生了一種深沉且無法解釋的悸動感覺，讓我彷彿能夠感受到這個古老、親切而又耐心的地球所發出的心跳。這個地球讓我們可以放聲痛哭，讓我們從她的懷抱裡獲得自己所需要的一切，讓我們可以在優美安靜的環境下生活，讓我們可以在極為悠閒的情況下工作，讓我們可以盡情地放飛想像去繪畫，欣賞那些充滿美感的地方。當我們砍掉了一叢雜樹之後，地球母親就會在春天的時候，讓被砍掉的樹木重新生長出美麗的花朵 —— 也許，這是我們在附近這片地方看不到的情景，但這樣的種子始終深埋在地下，等待著潮溼的雨水將它們喚醒。雖然它們置身於地下，但仍可以感受到春天的陽光。現在，它們掙脫了地面的束縛，就像蠕蟲那樣慢慢地

第二十六章

　　爬出泥土，赤身裸體地感受著陽光雨露。我們之前曾在一塊坍塌的泥灰岩下面挖了一個池塘，這似乎給那片地方造成了難以修復的傷害。那個似乎在留著「口水」的池塘就像死神一樣對著我們咧著嘴笑。池塘邊的地面上有很多人的腳印與爛泥，還有很多破爛的根部與被覆蓋的葉子——在第二年的春天，這裡竟然變成了一個綠色的天堂，水生植物在這裡肆無忌憚地生長，還有數以百計的安靜生物在這裡生存，其中就包括蝸牛、蠕蟲與昆蟲，似乎這個地方的生命力從來就沒有受到任何的打擾。我們在這裡建造了一座根本不符合幾何原理的紅色房子，房子的磚塊是讓人不安的紅色。50 年後，這座房子的紅磚顏色似乎變得更加具有誘惑力，上面生長著玫瑰花環或是灰色的青苔。那座房子醜陋的窗戶在被水浸泡之後，也彎曲變形了。整個房子的輪廓給人一種柔軟與順暢的輪廓——這一切都與周圍的綠色世界處於一種和諧狀態。

　　我看到最具美感的一幅畫面，就是一座龐大的房子被摧毀之後，一大堆磚頭砌成的假山所形成的景象。整個冬天，這裡都是一片荒蕪，一堵臨時的圍牆遮住了人們的視線。但到了春天，粗砂上的每個細孔似乎都長出了柳草青綠的根莖。每到夏天，這裡會盛開著鮮紅色的花朵，每當

有微風吹過的時候，這些花朵都會隨風顫動。這些柳草肯定在這個地方盛開又凋謝了好幾個世紀了吧。要是它們始終都處於沉寂的狀態，或是這些柳草的種子隨風飄到一個陽光猛烈的地方，又會是另一番景色吧？大自然總是恰如其分地安排著一切，耐心睿智地完成著自己的工作。

當我走到小路的盡頭，內心突然產生了一種極為深沉的感覺，就在這樣安靜的角落裡，似乎都潛藏著一種不安分的精神！面對如此熟悉的情景時，我們不應該會有這樣莫名的情感，不應該還讓自己的內心因為一些負擔而產生不安的心理 —— 這些都是人生中存在某種疾病的徵兆。在我們所生活的房子裡的每個角落，無論這本身是多麼的安靜與美麗，都必然會慢慢浸淫著生活中的痛苦情感，透過不斷累積起來這樣的痛苦情感，遮蔽著這個地方呈現出來的美感。

我們生活久了的房子，必然會讓我們產生一種悲傷的誤解。我們很容易受到一些不滿情緒、嫉妒、惱怒或是想要強力撫平內心不安情緒的努力等心態的控制。這就是想像力帶給我們的一種折磨。想像力讓我們感受景物與聲音的美感，保持高度的敏感性。如果我們始終保持高度敏感性，那麼我們也必然能讓內心的陰影如影隨從 —— 讓我

們擁有了一種自我折磨的能力，不得不要努力與各種從腦海裡一閃而過的念頭進行爭鬥。

　　有時，我會爬到山頂，欣賞一些不知名且美麗的山谷，看著田野、樹叢、小溪與人們的房子。看著人與牛在這些小路上安靜地行進。很多時候，當夕陽的餘光慢慢灑在這個村莊的每個角落，讓整個地方都處於一片靜謐的狀態時，一列晚班火車會轟隆隆地駛過這座教區村莊。每當這個時候，我都會產生一種相同的念頭：「這是多麼安靜與簡樸的生活啊！」隨著時光的不斷流失，我們的靈魂會慢慢地領悟到生命的真諦，讓所有的煩惱都慢慢地消失。但在很多時候，即便是在無法激發我們想像力的平和時刻，我們的內心依然會感受到那一種似曾相識的不安與焦慮，這樣的不安與焦慮就像插上了一雙不安分的翅膀，總是在不斷地搧動，擾亂著我們平和的心靈。事實上，我們夢想中理想狀態下的內心平和是永遠都不可能實現的。我們所能做的，就是當這樣的感覺最終到來的時候，能夠讓自己排除一切雜念，認真地沉浸其中。當這樣的感覺離我們遠去，讓我們感到麻木、不安或是惱怒的時候，我們就要在沉默安靜中懷著勇敢的心，將一切卑鄙的想法都趕出自己的心靈，抑制所有不良的情緒，安靜地與內心那懦弱

的恐懼心理進行爭鬥。在這個時候，我們不要將內心的不安都發洩在我們的家裡或是花園裡，因為這樣的心靈狀態會讓世界上最美麗的風景都黯然失色。

第二十六章

第二十七章

1894 年 9 月 20 日

　　今天，我感覺自己變得更加富於耐心了，也許這是我本性中一個無法改變的習慣吧。幾年前，我十分喜歡在天氣允許的情況下外出散步。我喜歡穿過牧場、多沙的草地，最後來到一條小橋上。我經常看到一些火車轟隆隆地駛過，在安靜的世界中感受到振奮人心的刺激，感受著整個自然世界對我發出的喃喃細語。這樣的思緒一直在火車

的轟隆聲消失之後才慢慢平復下來。對我來說，這樣做彷彿呼吸著這個世界的能量。

在橋梁的扶欄上，生長著灰色的青苔，青苔上面還有一些鮮紅色的蜘蛛。至於這些蜘蛛在那裡做什麼，我始終無法理解。它們似乎在漫無目的地爬來爬去，以一種盲目的姿態在行進。如果它們在這樣漫無目的的行進過程中偶然碰到對方，就會停下來，然後將那個觸角收縮起來，像是感受了危險那樣迅速逃竄。這些蜘蛛似乎不需要吃東西，也不需要睡覺，每個蜘蛛似乎有可能在這樣漫無目的的行進過程中，掉落到橋梁下面的河流裡，最終被淹死。

我經常會自娛自樂地想，這些昆蟲應該做出怎樣的改變，才能讓自己變成一頭人見人怕的野獸呢？想一下這個問題吧！這些鮮紅色的蜘蛛有著瘦長結實的腿，邁著沉重的腳步前進，安靜地在草原上不斷前進，也許是在等待著捕捉某隻倒楣的昆蟲來當做美食。

某天，我獨自外出，有個朋友走在我的後面。他跟著我來到了這座橋上 —— 回家之後，他就告訴了一個非常沉重的消息。

從那之後，對我來說，這個地方就始終與我當時離開時聽到的那個可怕的消息連繫在了一起。但在今天，當我

發現自己距離這個地方如此之近 —— 我也有差不多將近10年時間沒有到過這裡 —— 我轉過身，獨自沉思著過去那個讓我感到悲傷的消息，內心仍然懷著淡然的遺憾，多年的時光正在慢慢沖淡這份悲傷。

正是在這個地方，我彎下腰看著那列飛馳而過的火車（我之前根本沒有在意過這件事），那些紅色的蜘蛛似乎依然漫無目的地追逐著。但是，誰能說出在這10年時間裡，這個地方到底發生過什麼呢？

就我所知，那些紅色蜘蛛在這個世界上是沒有任何用處的。但是，牠們卻有權利寄居在那裡，享受陽光照在溫暖石頭上的樂趣。我經常會想，這些蜘蛛到底在思考著什麼呢？對我來說，這些蜘蛛變成了某種具有耐心且好看的生物，牠們是那麼堅韌地追逐，那麼的缺乏道德感，卻又是那麼的好看與毫無用處 —— 畢竟，我又有什麼權利去談論有用或是無用的話題呢？

蜘蛛與人類，人類與蜘蛛 —— 在上帝那顆充滿憐憫的柔和心靈裡，那些在岩壁上迅速移動的蜘蛛，與那位漫無目的閒逛且面容憂慮的中年男人，其實是非常相像的。我知道，這位中年男人對彼此有著一種相似的看法：

第二十七章

「他們都經歷過夜晚與白天，
感受著陽光與花朵。
我們會感到悲傷，
想要遵循比自身更深層次的情感。」

第二十八章

1895 年 8 月 4 日

　　我的腦海毫無緣由地出現了另一幅畫面。這是 8 月的一個晚上，當大風在窗外發出嘆息聲，不停地敲打著窗戶時，我突然在夜深的時候醒來了。當我起床的時候，感覺自己的腳步彷彿置身於空中，感覺到似乎有人用空靈的聲音對我發出神聖的呼喊。最後，我發現這樣的聲音完全是外面的風聲。我將沉重的織錦窗簾拉開。看吧！此時已經

第二十八章

是拂曉時分了。一道檸檬色的光亮已經出現在東邊的山丘上。當我打開窗扉時，空氣中瀰漫著一股難以言喻的甜蜜與清涼的氣息。微弱的光亮照在了穀倉的屋頂上。我之前曾不下百次看過這樣的情景：在安靜的樹林裡，很多岩壁似乎都匯合起來了。但在此時此刻，這些岩壁似乎都置身於一個純粹且安靜的深沉夢境當中，等待著日出的慢慢到來，露出柔和的微笑。在田野的上空，是一團團交織起來的迷霧。在樹林的盡頭，我們可以看到淺藍色的山丘，這些山丘彷彿也置身於夢境當中。我認為，那些狂風沒有在那個地方吹過，那裡也沒有下著冷雨。我感覺自己似乎正在欣賞著我靜靜沉睡的愛人，只是因為某些快樂神聖的機會，我才能感受那種難以言喻的平和，享受這些難得的孤獨時光。嗚呼！每當我欣賞著這樣的景象時，內心總會感受到一種精神的顫動，內心那團陽光慢慢被烏雲遮蔽了，內心的神奇衝動似乎偃旗息鼓了。但這些都不是全部。當我看著地球母親那雙沉睡的眼睛時，聆聽著她那極為安靜的呼吸聲，感受著她給予我的祝福時，我似乎會在那個時候忘記了過去所有的一切事情，也不會對未來做出任何不安的預測，只是安靜地享受當下的這個時刻，用自己明亮的雙眼與純潔的內心去靜靜地感受，感受地球母親最神

聖、最隱蔽的避難所，內心沒有半點的疑惑，沒有半點的煩惱，只是靜靜地沐浴在她的眼光下，懷著無憂無慮的心態在沉睡中感受著永恆的青春。在這樣一種忘憂的情感中，我們能很好地抵抗每天生活所帶來的疲憊。

當人醒來之後，發現陽光讓他們疲憊不堪，早前的榮光似乎早已經不見了。那片小樹林恢復了往日的容貌，我們依然要帶著面具去面對這個世界。但是，我之前在一個金黃色的夢境中見到過那樣的壯景。我知道那一幅壯景畫面所具有的祕密，我知道那樣的畫面是不會欺騙我的。在不知不覺中，我能夠感受到最為宏大的自信，能夠在一片看似平凡無奇的樹林裡感受到神奇的精神力量。我不會讓自己因為疲憊無聊的日常生活而消除對美感的欣賞。因為我已經見過了那樣美麗且神奇的景象，知道那代表著天國走廊的畫面。

第二十八章

第二十九章

1896 年 4 月 4 日

　　談論春天，這似乎是多此一舉的事情。但是，很多詩人與浪漫主義者卻始終沒有對他們肆無忌憚讚美春天的行為表現出任何的歉意。這著實是人們非常熟悉的現象了。我必須要說，春天所帶來的神奇景象，其實不是人們現象中的那麼的熟悉，因為春天的景象會讓我們感受到困惑的陌生感，接著是歡喜的驚喜感，而這樣的感覺每一年都會

變得越來越強烈。每年春天，我都會對自己說，我之前從
未意識到春天的到來竟然是一件如此神奇的事情。大地上
很多似乎在冬天早已經死亡的事物，在春天到來之後，突
然之間都迸發出一種神奇的力量，這彷彿是樹木與花朵聯
合起來制定的一個陰謀。但是，每個人對它們所籌劃的這
些陰謀卻是那麼的毫不知情，而且它們可以那麼準時地執
行這個計畫，讓人們一下子感受到美麗的生命氣息。坐
在草地上感受天鵝絨般的柔軟，雜樹叢上所纏繞的綠色植
物，灌木籬牆上所懸掛的猶如織錦的綠色植物，那些如珍
珠般的花朵鱗次櫛比地盛開，甚至就連一些隱蔽的角落，
都在透露出生命的氣息。但是，早春時節的這一切景象，
很容易因為一場突如其來的暴雨而匆匆結束。每當這個時
候，人們的內心總會產生一種莫名的預感，似乎代表著人
類在準備去對抗某個制度時，依然在心理與身體層面上沒
有完全做好準備。在這時，我經常會緩慢安靜地獨自一人
沿著沙路上行走。整個空氣中都彌漫著一種讓人充滿期望
的感覺。樹木與花朵此時顯得非常沮喪，耷拉著腦袋，似
乎正在被一種沉重的力量所壓抑，但是，我心懷感激地意
識到，一種純粹且微妙的神性力量正在慢慢地為它們提供
生長的能量。聖法蘭西斯曾說：「讚美上帝吧，祂為我們

的姐妹帶來了水源，因為祂能夠讓我們成為有用的人，讓我們變得更加謙卑與純潔。」是的。我們必須要心懷感激！不過，正如卡萊爾談到與柯勒律治的對話一樣，我們只能安靜地等待這個充滿生命力的過程。

難道人的靈魂就不能心懷感激地面對自己的「下雨天」嗎？難道我們就不能像大自然那樣，懷著無限的耐心去默默地等待與承受這一切，用睿智的心態默默地儲備著能量與充沛活力嗎？

在這樣一個讓人感到憂傷與反思的早上，我發現總會有一種特別形式的憂鬱情感湧上心頭，就是我會將自己模糊的夢想與現實表現進行對比。當然，我不會說，在年少輕狂的時候，我的夢想就是要征服這個世界。我從未想過要在公共領域發揮那麼大的作用。政治領域與軍事領域，這兩個影響人類社會與生活的領域──幾乎從未在我的想像範圍之內。但是，我也意識到──正如每個睿智的年輕人一樣──自己要比其他人在某些方面更加優越。一位真誠的牧師曾說，我們無法輕易欺騙自己去相信要比別人更加富有、更加高大、更加英俊、更加睿智、更有能力或是更加能幹。但是，我們每個人都可以輕易地暗下決心，我們要成為一個比別人更加有趣的人。這樣的想法往

往會帶來一種神奇的活力。這能夠讓我們獲得一種微妙的力量，讓我們抵制那些在現實生活感受到的赤裸裸原則。我必須要坦誠，自己在這個社會上明白了很多根本不想明白的道理。當然，我意識到自己從來沒有做過什麼突出的成績，讓自己在別人眼中顯得更加優秀。但我認為絕對不能對自己一些模糊的想法妄自菲薄，認為如果我擁有某種更加受人歡迎的表達能力，或是如果世人有更多休閒的時光，能夠前去欣賞隱居的名士所具有的深刻思想與性情，那麼他們就會意識到之前忽略了美好的東西。

當我這樣說的時候，我是讓讀者感受我內心最深處的想法。我必須坦白地承認，在我感到充滿活力與內心平衡的時刻，我的確能夠意識到自己的人生處在某個破碎的邊緣。我感覺自己是一個多麼可悲的人 —— 儘管我會有這樣的想法，但我還是意識到這樣一個事實，即我們絕大多數人在內心深處都會有自負的想法，而且內心的火焰始終散發著光芒，讓一個人看到自我的理想形象。我甚至還可以進一步說，自己認為這是非常健康且具有價值的事情，因為這代表著自尊的本質，能夠讓我們在美德與信念方面產生微弱的衝動。如果一個人意識到自己在這個世界上的準確位置，正如其他意識到這點的人，他們就會感覺到自

己是那麼的脆弱、無趣或是多麼沒有存在的必要。他們會感覺到其他別人根本不會關注自己，恨不得讓他們立即消失在眼前。當他們產生這樣的念頭後，很容易陷入陰鬱沮喪的情緒深淵裡，任何其他的想法都無法將他們拯救出來。在這樣的時刻，只有神性的愛意才能讓我們重新恢復對自尊的看法，讓我們重新感受到人生的美感。

在讓人倦怠的春日裡，當我們沉浸在這種沮喪的思想中，我在上文所談到的那種充滿力量的自我思想，根本無法給我帶來任何幫助。我能感覺到自己彷彿是在悄無聲息地走著路，就像一個害羞的動物，或是像一個充滿希望或是柔軟夢想的汙點。我感覺自己可悲的人生的每個汙點都被暴露在世人面前。我這樣一個孤獨寒酸的人，在這個世界上獨自地走著，在與世界打交道的過程中不斷受傷，忍受著內心的麻木、倦怠與冷漠，不斷將自己的重要性降低 —— 然後，在某個隱居的日子，重新感受到了內心那一團溫暖的火焰，想像著自己吃著豐盛的晚餐，坐在柔軟的安樂椅上，然後為自己在詩歌方面所具有的潛力而沾沾自喜，認為自己在將夢想變成現實的行為方面，是沒有任何笨拙與尷尬可言的 —— 或者說，我應該懷著宗教般莊嚴的情感去履行自己的家庭責任，在安靜中默默感受宗

教所帶來的情感，同時將內心自負的情感全部趕走。如果我極力反對這樣的局限，認為自己是一個深陷於牢籠裡的囚犯，那麼我就只能徒勞無益地用拳頭敲打著鐵窗，我可能會擁有著一顆充滿火焰的真誠靈魂。但是，我無法懷著誠實的心態去這樣做。我必須要這樣安慰自己：當我身患疾病的時候，這是上天強迫我要去休息了，我必須要為患病付出一定的代價與忍受一定的痛苦。只有當我產生了這樣的念頭之後，那種讓我心靈無依無靠的想法才會慢慢地消失。

在這種愉悅的心境下，我慢慢地朝著家的方向走去。當我站在一片被廢棄的保齡球草地上，看見一大堆樹叢與草地階梯，感受著讓人遺憾的狂野氣息時，這樣的地方似乎就被文明的力量所馴服，再也無法回到之前那種原始野蠻的狀態了。一隻畫眉鳥以無比清澈的歌聲在歌唱，不斷重複著某些歌聲，似乎在創造出某種固定的歌唱模式。但是，這樣的歌聲足以讓聽者感到滿足 —— 這就是本能的藝術所帶來的勝利。

在我看來，這些畫眉鳥是非常美麗的生物。在沾滿露珠的早上，我經常會坐下來，認真看著畫眉鳥捕食的畫面。牠會在草地上輕盈地跳躍著，直到牠發現一條毛毛

蟲慢悠悠地從洞穴裡爬出來。牠就會邁出一兩個跳躍的跨步，迅速地將這條毛毛蟲叼在嘴裡。在這個時候，畫眉鳥就像古希臘的勇士那樣，雙腳牢牢地踩在地上，用力地將毛毛蟲一拉──你能看到牠展現出來極為靈活的腳步，毛毛蟲有時會在草地上掙扎一番。我在想，這些可憐的生物到底會有著怎樣的想法呢？難道那條毛毛蟲會因為自己離開那個清涼的洞穴、自己的孩子就離開這個世界感到遺憾嗎？不，我認為，這是一種堅忍的順從行為。在某個時刻，畫眉鳥似乎將注意力從這條毛毛蟲身上轉移開來了，用謹慎的目光審視著周圍喧囂的環境，接著又開始了一番追捕獵物的過程。當牠找到獵物之後，就會以極為悠閒的方式慢慢地品嘗。

　　但是，當你全身心觀察這些情景時，就能感覺到這些置身於曠野中的小鳥，時時刻刻都在本能地感覺到危險的到來。牠們必須生活在一種神經緊繃的狀態當中。要是人類像這些小鳥這樣緊繃著神經，那麼他們肯定全部都會患上憂鬱症的。這隻畫眉鳥每吃一口，都不會發出咯咯的叫聲，那雙敏捷的雙眼始終觀察著身邊的情況，看看附近是否存在著什麼危險。牠似乎在不斷地變換自己的位置，每隔兩秒鐘就要換一個方位。

第二十九章

　　我們是否意識到這些在安靜花園裡生存的小鳥，時時刻刻都要面對著遭受攻擊面臨死亡的危險呢？這可是他們從早到晚都必要面臨的一個攸關生死大問題。

　　這些畫眉鳥讓我明白的另一個事實，就是牠們所選擇的世界其實是極為狹隘的。牠們從出生到生活的地方，幾乎都是在幾碼的距離之內。我們往往會羨慕小鳥擁有飛翔的能力，或是在空中展翅的能力，可以自由地選擇牠們的落腳點，但事實不是這樣的。試想一下，如果我們的人生沒有任何包袱與累贅，那麼我們也同樣能夠自由自在地生活，能夠前往地平線的那一頭去看看，可以選擇在隱蔽的山谷裡生活，可以不用房子，不用納稅，只需要忍受河水發出的潺潺聲響。當然，這是另外一回事了。我見到一隻畫眉鳥的翅膀有著白色的羽毛，牠在草地保齡球場上一朵很大的丁香花上生下了蛋。我非常認真觀察幾畝地以內的情況，從未見過這些畫眉鳥會離開這片草地。牠們似乎不願意飛過牆壁進入花園裡面。牠們都有自己喜歡的棲息地。有時，牠們就會在不同的地方歌唱。有時，牠們會在水蠟樹上歌唱，有時是在寬闊的草地邊緣上歌唱，但牠們一般都會在草地上來回跳躍。我不認為牠們有足夠的膽量前去讓牠們感到陌生的地方。牠們必須要努力捕食才能維

持自己與後代的生活，因此牠們從早到晚都需要努力地搜尋食物。我認為，牠們最後會死在花園裡，但至於牠們的殘骸是如何處理掉的，我至今都沒有弄明白。

這些畫眉鳥似乎對這些限制感到心滿意足。牠們似乎從來都沒有想過自己應該過上另一種生活。但是，牠們為了生計非常努力地捕食，還能唱出優美動聽的歌聲，每個晚上都能夠睡得非常安穩。牠們從來不會與其他的鳥進行比較，希望自己能有更好的命運 —— 牠們不會感到任何遺憾，不會有任何希望，也不會有任何煩惱。牠們似乎也沒有什麼博愛的想法，要去照顧牠們的兄弟姐妹，也不會想著要去與那些喜歡吵嘴的麻雀進行爭論。有時，牠們也會打上一架。春天到來的時候，牠們似乎也從漫長沉睡的冬天中甦醒過來了。牠們會搭建一個鳥巢，然後努力去捕食，餵飽自己那些眼睛明亮的後代，最後默默無聞地死去。可以說，畫眉鳥這種勇敢誠實的生命有很多值得歌頌的地方，特別是牠們在灌木叢中發出洪亮動聽的歌聲。我認為，牠們美妙的歌聲已經沒有繼續提升的空間了。

第二十九章

第三十章

1898 年 8 月 19 日

　　我非常喜歡一種簡單的冒險行為。這種簡單的冒險行為就是悠閒地在附近的鄉村教堂裡轉悠。這些鄉村教堂坐落在非常美麗的地方 —— 有的教堂坐落在高高的山脊上，似乎在對信仰進行著勇敢的考驗，有時則坐落於隱藏在山谷之中的灌木叢裡，似乎要展現出一種無形的神聖美感。有時，這些教堂坐落在一條鄉村街道的中央位置。

第三十章

　　一般來說，這些教堂所處的地方都能找出一個簡單且合理的原因。但是，這些教堂所處的位置要是處在人群聚集的地方，那麼這些教堂所受到的修復也就越多。我最喜歡的教堂就是所處位置非常偏僻，隱藏在樹林當中的。對我來說，這樣的教堂就彷彿置身於夢境當中，守護著一個安靜神奇的祕密。

　　我喜歡在教堂墓地上轉悠，喜歡走上一座小山丘，然後閱讀著傾斜的墓碑上毫無藝術感可言的墓誌銘。這絕不是一種病態的愛好，因為這樣做能讓人產生一種排除自我雜念，產生安靜的心態。在這裡，你能感受到死亡所帶來的恐懼感。在這裡，死亡似乎也會以最平和的方式呈現出來。在這裡，你會感覺到死亡是那麼的尋常、那麼的安靜與那麼的不可避免。這就像在波濤洶湧的大海上的一座風平浪靜的港灣。在這裡，所有悲傷與不快樂的遭遇都會被活著的人所遺忘。死亡會以類似於柔和的夢境方式出現。

　　當然，讓人感覺更好的，還是教堂墓地帶給人的那種發人深省的感悟。你可以從墓誌銘追溯一個家族的興衰——你彷彿能從一位去世的老紳士的墓碑上，看到他曾經曾在附近的田野裡散步，與他的鄰居聊天，在這裡狩獵、吃飯或是喝酒，在這裡愛過別人，也被別人愛過，最

後不可避免地埋在了這個地方。顯然，任何人在這樣的地方都能感受到真誠的悲傷。在大理石上雕刻辭藻華麗的墓誌銘下面，就埋葬著他們的屍體。我喜歡閱讀這些代表活著的人對死者讚美的話語，這些話語飽含著深沉的悲傷，讓人覺得非常可信。還有很多墓誌銘上訴說著英年早逝的一些人 —— 其中包括年輕的妻子、犧牲的年輕士兵，還有那些從未受過人世間玷汙而夭折的男孩女孩。這些英年早逝的人最容易引發活著的人無限的哀思。這樣的墓誌銘一般不會宣揚什麼虛榮或是衰敗之類的話語，而是讓人明白一種純粹的精神與感恩的順從心理。我們會心懷著這樣的信念，即上帝所創造的世界是如此的美好，充滿著如此之多的幸福與快樂，因此他們逝去的孩子也必然會在另一個充滿著更多快樂的地方快樂地生活。

距離金端不遠處一座教堂墓地有一座墓碑，每當我去那裡看的時候，都會淚水漣漣。這座墓碑就在那座小教堂的附近，埋葬著一個古代家庭。坍塌的旗幟與狹長的三角旗依然在空中憂鬱地飄著。在小禮拜堂的中央位置是一個紀念壇，紀念堂上豎著一個男孩的雕像，墓碑上寫著男孩是在 13 歲的時候去世的。雕像上的他用手臂依靠著一些東西，穿著亞麻襯衫，露出了稚嫩的脖子。他穿著一件寬

第三十章

鬆的長袍。他的頭部似乎朝著東邊望去，長長的頭髮落到
了肩膀的位置，那雙纖細的手放在膝蓋上。在墳墓的每一
邊，都能看到壁架上有大理石做成墊子，男孩的父親與母
親分別是伯爵與伯爵夫人，他們各自的雕像也在那裡矗立
著。母親穿著過去宮廷的服裝，頭髮呈褶皺狀垂下，用悲
傷的眼神看著他們的孩子。這位伯爵披著盔甲，身體顯
得非常結實，一副軍人的模樣。在男孩的膝蓋那一邊，則
是他妻子的臉龐。但是，他的表情 —— 我不知道這是否
出於藝術創作的理由 —— 似乎流露出心有不甘的悲傷情
感，或是一種失落的驕傲情感。他的所有財富與地位都無
法挽留住他心愛兒子的生命。他似乎對這樣殘酷的事實無
法理解。他們夫婦都呈下跪的姿態，在接下來的兩個世紀
裡，他們一直保持著這樣的姿態，似乎默默等待與守望著
他們的兒子。我們會懷著戲謔的心態去猜想他們想要知道
的事實。一個金色黃昏的下午，陽光傾斜地照在墓碑上，
小鳥在常青藤上吱吱喳喳地歌唱，附近的一條小溪則沿著
曾經屬於他們的草地上潺潺流淌。

　　這樣的沉思不會讓人對生命抱著一種憤世嫉俗的態
度，也不會讓人對生命的能量產生錯誤的觀點。人們會不
由自主的行動起來，會去好好地愛別人或是好好地生活。

這只會讓我們對最終可能降臨的死亡陰影鍍上了一層金色，讓我們可以從容地面對不可避免的死亡。當我們面對著萬事都不堪落淚的情景，死亡的象徵這一沉重的念頭會不知不覺地出現在我們的心頭，但這不會讓以悲傷或是刺痛的方式影響我們塵世的夢想與目標，反而會像風管琴發出的深沉聲音，讓我們重新獲得力量與圓滿平衡的心態，懷著更加從容的心態去感受生命，從容地面對每一天。

第三十章

第三十一章

　　要是這些手稿的內容落入了某個心智平衡、內心安靜的人手上，正如詹森博士對雷諾茲所說的那樣，讓他還是不要去閱讀這個章節吧 —— 因為這些人會認為這只是我在無病呻吟，認為這些話最好應該是一個人蓋著被子，在床上說出來的話。他們會認為這樣的話語，代表著一個有病態心理的人說出的軟弱話語，或是認為這樣的祕密或是陰鬱的內容不應該透露出來。他們認為，一個人應該以平

第三十一章

和的心態展現自己的驕傲。

　　好吧，我的這篇文章不是為他們而寫的。世界上還有很多書與文字適合這些人去閱讀。我始終避免去寫一些關於健康與疾病方面的書。年輕時，我就曾無法抵制想要去翻看醫學書籍的衝動，但我現在變得睿智了。如果我有時真的屈服於這樣的誘惑，我也會本能地讓雙眼朝著其他地方望過去，謹慎地向後退一步。我要說，我一般都會爽快地將這樣的書扔在一邊，彷彿我遇到了一條可能隨時會致我於死地的毒蛇。但是，這樣的做法並沒有什麼病態可言 —— 我只是懷著耐心的想法去面對一種疾病與痛苦，然後想辦法去找尋一種治療的方法而已。

　　一開始，我就談到了那些在黑暗洞穴中感受過恐懼的人，他們看到了神殿下面燃燒起來的火焰，用慘白的臉色看著那些不成形狀且坍塌的石頭。這些都是一種醜陋的手段，抑或只是一種武器呢？

　　你們了解長時間在恐懼的陰影下生活的感覺嗎？也許，你可能感受到了一種明確的恐懼 —— 這可能是一種對貧窮的恐懼，對恥辱的恐懼，對嚴苛的恐懼或是對痛苦與疾病的抗拒 —— 或者更糟糕的是，這是一種以錯誤形態呈現出來的凶兆，但這樣的凶兆讓我們感受不到明確的

目的，因此讓我們很難真正抵禦這樣的恐懼情感。

　　關於這樣的情緒，我發現只要懷著感恩之心，得到別人的鼓勵，通常都會在成長的過程中慢慢被消除，至少能夠削弱這種情緒的強度與出現的頻率。這樣的情緒通常都會以某種特別類型的夢境出現，這都是一些來去迅速且讓人困惑的夢境，可能會讓我們留下一些關於浪漫或是誇張的形象化特質 —— 比如連綿起伏的高山，高大的建築，有著無限美感的風景，有著茂盛樹木的花園，這樣的景象會迅速掠過我的腦海。我想詳細說一下一兩個夢境的詳細情況。在其中的一個夢境裡，我彷彿置身於一艘船上，這艘船有龐大的鋼鐵結構，就像一艘有撞角的軍艦。這艘船似乎在某種空靈的氣氛裡不斷前進，可以欣賞到下面美麗的風景。我認為，這艘船似乎距離地面只有幾英尺高。一個面容慈祥的高大男人站在橋上，然後指揮著這艘無形的船隻應該駛去何方。我們飛越了一個石楠叢生的山谷，接著就看到天空中飄飛著的漫天的雪花。這艘船似乎正以全速在前進。隨後，我們抵達了一大片雪地，附近山脊上雪花飛舞。這樣的景象連綿數里。這艘船沒有置身於雪花之上，而是在雪花中穿行而過，我的頭部與雙手都沾滿了美麗晶瑩的雪花。雪花落下來的沙沙聲似乎在奏著一首永恆

的音樂。最終，我們停了下來，抵達高原之上。在連綿起伏的雲層盡頭，我可以看到一座高山上黑色的山頂，這比我所見到的任何山頂都要更高。我也看到自己的四周全部被白色大雪所覆蓋。我被自己內心的一種聲音所喚醒。接著，這艘船再次起航，就像一頭海豚那樣再次跳躍而起。雖然我大聲地尖叫想要阻止它起航，但我看到在幾秒鐘之內，船就升騰起來了，接著就以曲線的方式慢慢飛走了，尾部像噴泉那樣噴湧出白色的雪花。

　　第二個夢境的場景則與第一個夢境不一樣。此時，我置身於義大利某條兩旁種滿葡萄樹的小巷裡。我可以看到頭頂上一片蔚藍色的天空，還能看到一棵義大利五針松。我沿著這條小路走著，在一個街角處轉彎，看到了一座非常龐大的建築，這是用淡棕色石頭壘成的建築。小巷附近突然升起了一些穿著白色長袍的僧侶，並且那些棟建築還不時傳出極為甜美的鐘聲。我看到自己與這些人一樣，瞬間就穿上了白色的長袍，但這些不斷滑動的人物似乎很快就超過了我，最後來到了一道鐵製大門前。我發現這道大門是鎖著的，大門裡不時傳出風管琴發出的聲音。

　　接著，我的這個夢境突然陷入了一片讓人絕望的境地，就像一團灰色的雲層。我突然感受到了極為痛苦的情

感，這種痛苦的情感在四周美麗的景色映襯之下反而變得更加強烈。這種強烈的痛苦情感是那麼的沉重，但卻在如此美麗的環境下出現，讓人根本無法感受到這些美麗的景色。在某個時刻，我的心智似乎與那些黑暗的痛苦情感進行一番爭鬥，最後就像一個從深海裡冒上來的游泳者，終於恢復了清醒的神志。蒼白的日光從窗戶的簾幕中投射進來，熟悉的房間再次映入我的眼簾。我的第一個想法，就是一種難以言喻的寬慰感，接著一種讓我感到煩惱的情緒，突然間闖入我的心靈世界裡，之後就是一陣讓我內心感到極為悲苦的時刻。此時，每一種可能想到的恐懼情感、悲傷以及壓力，似乎都沉重地壓進我的心靈世界裡。在這樣的時刻，某種明確的困難，一個現實的困難相比較起來都是較容易承受的 —— 但除此之外，沒有了其他任何東西。這樣的痛苦情感對於思想來說是那麼的深沉。即便進行一番痛苦的掙扎之後，理性才慢慢地處於控制地位。我也無法找到究竟是什麼讓我處在這樣軟弱無力的恐懼感當中 —— 即便當我遇到了某種強烈的身體痛苦，我也還是能夠憑藉耐心去安靜地承受。

醒來之後，我突然感受到了這樣的情感，這可以說是最糟糕的體驗。你會感到內心不斷湧入的悲傷情感讓你頭

第三十一章

暈目眩，心智漫無目的地前進，平時習以為常的一些工作此時都變得難以容忍。當你吃東西的時候，會發現毫無味道。你會認為自己的任何行動與思想都是毫無意義的。當你疲倦的大腦對這些事情感到厭倦，或是如果你在感到極為壓抑之後終於疲倦了，最後沉沉地進入了睡眠，但睡醒之後，你依然發現自己只是增加了繼續感受痛苦的力氣 —— 這種讓人憎恨的情緒再次出現，就像一個看不見的騙子那樣，會讓我們惱怒不安的意識感到震驚，或是像一頭凶猛的野獸，肆無忌憚地撕扯著無助發抖的靈魂。

　　我是在劍橋讀書的時候，第一次感受到了上述這樣痛苦的體驗。當時，我還沒有忍受這種痛苦情感的能力，因此我對這樣的痛苦情緒感到非常困惑，並且感覺自己似乎極度興奮。我還記得當時找了一些朋友聊天，這讓我內心的痛苦情感暫時停止了。之後，我還去看了場足球比賽，那種痛苦的情感再次在我與別人進行有趣對話時牢牢牽住了我。我只能喃喃自語地說了些話，然後離開他們，獨自回到了自己的房間。接著，我在長達一個小時的時間裡，進行著痛苦的祈禱，希望驅趕這樣痛苦的情感。我還記得自己當時與我年齡相仿的朋友坐在大廳裡。我們一起抽菸，平靜地談論著一些事情 —— 在接下來的好幾天，那

種深深折磨我內心的情感似乎停了下來 —— 但是，突然之間，這些痛苦的情感就彷彿從某個祕密的角落裡跳了出來。我努力地掙扎了一番，就匆忙地離開了那些朋友。我當時看了一下手錶，藉口說自己還有事要去做。最為糟糕的一次，發生在我與親密的朋友交流的時候，那是 11 月天氣陰鬱的一天。當時，我們的心情都很好，之後那種讓人憎恨的情感就突然降臨在我身上了。我幾乎說不出話來，只是斷斷續續地回答了幾個問題。我們所走的道路需要穿過一個平交路口，路口的一邊是一片樹木林，還有一輛龐大的行李車在向前或是向後地那樣顛簸而行。我們來到了一扇大門前，接著，我竟然產生了一種相當可怕的念頭，就是將自己的頭放在那輛行李車巨大的車輪下方，讓車輪碾碎我的頭部，好結束這一切痛苦的掙扎。當時，我只能在內心安靜地祈禱，千萬別這樣做，然後沉默不語匆忙離開了那裡。難怪，我在第二天聽到我的朋友都說我變得越來越難以相處了，說我變得沉默寡言與憂鬱了，認為與我聊天沒有什麼用處。

　　漸漸地，我內心這種隱隱作痛的冰霜似乎慢慢破碎與解凍了。一些看似很小的有趣事情 —— 比如取得一兩次較小的成功，或是某一篇文章被一份雜誌所刊登，或是與

第三十一章

別人成為了朋友，或是在體育運動上取得某次勝利，都慢慢讓我走出了內心的陰影。即便是在那個時候，這些激勵我的事情都能給我帶來積極的影響 —— 無論是我所看到的還是聽到的，都能讓我強烈地感受到一種美感。我經常會在晚禱的時候，悄悄地前往國王教堂那個黑暗中殿，看著裡面那一堵屏風，看著唱詩班那個位置發射出來的柔和燈光，看見那些鍍金的小號上雕刻著天使的模樣。這些景象都讓我的靈魂感受到了難以言喻的美感，讓我彷彿聆聽到了美妙的音樂 —— 無論這是低聲細語的連續音，還是沉悶的單調音符，都像一條潺潺流動的溪水，慢慢地流淌。唱詩班的歌聲是那麼的渾厚，整個地方是那麼的熟悉與壯美 —— 這些景象讓我荒蕪的內心彷彿獲得了甘露。國王教堂裡的音樂有一種我在其他教堂裡聽不到的特點。教堂的建築設計能很好地反射回音，不會讓聲音變得模糊。我經常會想，正如華茲華斯所說的「我不願意就這樣死去。」，而要慢慢從意識的世界裡改變自己，從夢中去感受死亡。

　　一個更深遠的收穫 —— 或者說更好的收穫 —— 我認為，就是內心的痛苦並沒有讓我將自己孤立起來，遠離這個世界的塵埃。相反，這讓我對其他人的悲傷有著更加強

烈的感受。因為，我就曾長時間在安靜的忍耐中度過這樣的痛苦的情感。雖然我也不知道這樣的痛苦情感到底源於何處，但我願意與那些現在依然忍受這種痛苦的人相互鼓勵。我理解他們 —— 他們也曾像我那樣軟弱，缺乏信仰。現在，我再也不會感覺自己是一個軟弱無能與自私的人了。即便在內心最黑暗的時刻，我也知道自己是充滿力量的，因為這是上帝賜給我的力量。

第三十一章

第三十二章

1898 年 10 月 21 日

　　今天，我閱讀了下以前的日記。我盡可能嘗試去了解我過上這種簡樸生活的背後動機。

　　我腦海始終想著一個問題，這個問題的答案可以概括我的簡單人生哲學。

　　這個問題是：對於像我們這些絕大多數沒有什麼重要事務、權力或是名聲的人來說，能否真的過上一種簡單、

有價值、富於尊嚴且快樂的生活呢？我會毫不猶豫地說，
這樣的生活是有可能的。這個時代的一個趨勢，就是用一
個人的名聲去衡量一個人是否取得成功。倘若一個人無
法獲得別人的認可，那麼他似乎就沒在做一些真正重要的
事情。

　　我必須承認，獲得別人的認可，這的確是一個強烈的
誘惑。對這些成功之人來說，他們會意識到自己所具有的
影響力，感受到自身的權力，同時也會對那些默默無聞之
人展現出一種力量，他們會散發出自尊的光芒，忍受別人
的恭維。事實上，只有那些具有獨立自主性格與高尚品格
的人才能避免陷入這樣的圈套裡。很多有影響力的人都是
擁有簡樸品格且謙遜美德的人，他們會將人生的舒適與安
逸視為真正有價值的東西，但他們也不會將追求這些當成
最後的目標，不會意識到到缺乏別人表現出來的殷勤就是
一種不愉快的事情。他們會想盡辦法去擺脫名聲套在他們
頭上的枷鎖。

　　某天，我的一位朋友前來看我，他剛剛去一座美麗的
房子拜訪回來。他跟我說，那座房子的主人是一位內閣成
員，繼承了很多財富，有著輝煌的家族歷史。他也是憑藉
最親密的一位朋友的幫助，才爬上了這樣的高位。我的朋

友告訴我，他某天晚上與這個主人單獨待著，他們半幽默半認真地談論著社會責任與擔任內閣成員所帶來的各種沉重負擔。「如果他們讓我安靜待著就好了！」他說，「我認為，當我要出席宴會時，我甚至連自己喜歡的菜都無法點，這實在是太難受了。我已經擔任很長時間的公職了⋯⋯我以前總希望能夠讀些書，可我現在身心俱疲，還沒等拿起書就會在椅子上睡著。」

我的這位朋友對這位主人發自肺腑的話進行了一番評論：「不過，我認為他所在圈子的人，都絕不會認為他的生活是無趣的。他所責難的事情其實正是讓他人生充滿樂趣的事情。當然，他根本沒有理由不去意識到自己這樣的想法——如果他的妻子與孩子沒有要求他這樣做的話，那麼這只是因為他們知道倘若他不這樣做的話，他會無聊死的。」是的，很多人之所以忙忙碌碌就是因為他們無法與安靜的自己相處，不知道該如何打發安靜的人生。

如果我在上文所談到的「認可」只是適用於那些著名人士，那麼這倒是完全不同的一回事了。其實，99％的人所獲得的，並不是他人的認可，而是時刻在安撫自己內心不安的幽靈。他們想要追尋那些榮耀，卻沒有足夠的能力或是機遇去獲得這樣的榮耀。很多人都想在毫無付出的情

第三十二章

況下去獲得權力，希望在不需要承擔責任的情況下去獲得
尊嚴。當然，如果某人下定決心去追尋這些東西，並願意
做出一定的犧牲，那麼他們是有可能獲得的。

　　對於那些具有高尚品格的人來說，這樣的誘惑還會以
一種更加微妙的方式出現。他們主要專注力都集中在認真
工作上，默默地追求著某些高尚的理想。對於這些人來
說，雖然他們並不希望像那些名人需要受到名聲所帶來的
束縛，但他們同樣會受到一種要拒絕任何名聲的誘惑，並
且暗地裡為自己沒有獲得別人的認可而感到心滿意足。這
樣的誘惑也許看上去並不是那麼模糊。每個有雄心壯志的
人都想要成為一個高效的人。要是一個人寫書、繪畫或是
發表演說只是為了娛樂自己，而不是為了讓自己的名字變
得更加出名的話，那麼他們就是發自內心去進行創作的。
正如已故的帕蒂森就曾進行了一輩子的創作。他的理想在
所處的那個時代，「受到了文學理想的貶損與汙染」。

　　儘管如此，如果人們真正想要獲得內在精神的平和，
那麼這樣的想法也不能表現的過分強烈，而應該懷著安靜
的心態去進行。只有當一個人真正看淡了名利所帶來的
獎賞之後，「才不會對身後的名利依然投去流連忘返的目
光」 —— 只有在這個時候，才算是取得了一場勝利。

就我個人的情形來看，我所追求的默默無聞的生活似乎永遠都不會離我遠去。這也是事實。與此同時，那些最卑微的目標或是孩童般的天真卻對我產生了真正的誘惑力。我只想讓身邊的朋友感到有趣，激發自己的好奇心，即便別人不認為我是一個成功之人，至少會認為如果我真正嘗試的話，也可能取得成功的人 —— 所有這樣的誘惑都曾被睿智的心理學家亨利・詹姆士在《貴婦畫像》（*The Portrait of a Lady*）一書裡，對吉爾伯特・奧斯蒙德的描述中得到了鮮明的驗證。關於這點，我必須要承認自己也是如此。要是我天生沒有如此強烈的敏感性去觀察到那些讓人反感或是遺憾的藉口，那麼我會懷疑我是否應該屈服 —— 事實上，我並沒有屈服於這樣的誘惑。

　　對於某些有著病態天性的人來說，這樣的藉口是至關重要的 —— 對他們來說，倘若沒有這樣的藉口，他們就很難保持自己的尊嚴。我就認識一名女士，她與惠特里女士有著一樣的性格，就是喜歡自己生病時所帶來的那種興奮感來保持活力。要是她沒有生病的話，她可能早就去世了。我也認識一位受人尊重男士，居住在倫敦。他經常會去做客，抱怨自己沒有足夠的時間進行閱讀與思考。我想到的另一個人就居住在鄉村的一座美麗房子。他經常會邀

請一些文學與藝術品味好的人前去他家做客,想要成為這個文學與藝術圈子裡的核心人物。他們都過著無傷大雅的生活,不會感覺自己不快樂,也不會認為自己過著毫無意義的生活。事實上,這些都是基於一種要與別人相互比較的錯誤觀點。那些最為勤奮、最具影響力與最有用的人,誰不會誇大自己的重要性呢?難道沒有人意識到這些人的本質,或是他們可以多麼輕鬆地完成自己的本職工作嗎?事實上,很多人都認為要是他們有這樣的機會,同樣能夠去做相同的事情。

要想過上快樂的生活,就必須要將一定程度的活動與娛樂生活融合在一起。當然,我們在此是使用活動與娛樂這兩個詞語的最好意思。只有透過足夠的活動才能讓我們避免心靈處於危險的單調狀態,這會嚴重影響到生活的樂趣。要是沒有足夠的樂趣,那麼生活也就無以為繼了。

隨著年齡的慢慢增長,我們首先要擺脫的就是一些常規意義上的樂趣。在 40 歲的時候,一個人應該知道自己真正喜歡什麼,而不是繼續去做一些可能給別人帶來樂趣的事情,千萬不要欺騙自己喜歡某些東西,或是因為自己想要讓別人認為喜歡這些東西。現在,我知道自己不喜歡在鄉村地區拜訪別人,也不喜歡去跳舞、參加花園聚會或

是板球比賽，以及其他讓我分心的社交活動。但是，我能夠從書籍中獲得越來越多的樂趣，能夠從自然的景象與聲音中獲得更多的樂趣，能夠從與別人友善的交流、音樂或是室外的運動中得到更多的樂趣。我認為，一個最快樂的人就是那些能夠按照自己的心願去做自己喜歡事情的人。我知道做哪些事情會讓自己感到不快樂，我知道怎麼去做才能讓快樂的情感變得更加圓滿。但是，我對自己的要求十分嚴格。有時，我發現享受家庭生活的熱情會慢慢冷漠起來，我有足夠的自制力，故意前去倫敦待上一週，儘管我對這樣的職務訪問不是很喜歡，認為這樣的社交活動是非常沉悶的。不過，當我從倫敦回來之後，反而能夠從生活中的一些瑣事裡感受到樂趣。

我從未不認為自己在這個世界上擁有什麼地位，但我認為自己應該懷著謙卑的心理，努力為其他人的快樂做出一些貢獻。我認為即便當夢想破滅之後，也會給人帶來一些回報。這樣的回報就是讓我們能夠更好地從日常生活中感受到點滴的樂趣。我不需要複述自己從自然界裡感受到的力量以及最純粹樂趣的事實。如果我失去了人類心靈中那些最激動的情感，那麼我不知道自己會變成什麼樣的人。要是我們沒有這種最為深層且激動的情感，就很難感

第三十二章

受到內心的美好與安靜的情感。這段文字的唯一價值，就在於這樣一個事實，即我想要描述的生活所包含的元素，都是每個人可以去掌握的。雖然我不會說自己創立了一種宗教體制，或是發現了一種讓人震驚的全新生活理論。我透過自己的生活實驗去證明，即便一個人在生活中遭遇許多的困難與障礙，或是在被剝奪很多重要的生命活力的情況下，也根本不需要自怨自艾，或是心生怨恨。

第三十三章

1898 年 10 月 22 日

在我的生活之外，我肯定還要去面對這個世界。我可以稍微花點時間談論一下通向精神世界那個祕密房間的大門嗎？

絕大多數人都不大可能會關注與永恆相關的問題：我們是誰，我們將要到哪裡去等問題，這都是他們沒有興趣去關注的。對那些身強體壯、充滿活力與血氣方剛的人來

說，人生似乎給了他們太多去遺忘這些問題的機會了。因此，他們更容易順勢而為，根本不會思考到底這條河水的源頭在什麼地方，也不會思考大海最終會流向何處。對他們來說，只要單純做好自己就已經足夠了。但是，對那些心靈處於躁動狀態，具有豐富想像力的人來說，他們必須要面對讓人疲倦的痛苦現實，他們更願意從對未來的思考中獲得精神的庇護，更願意在信仰的懷抱中獲得安慰，當然前提是他們要找尋到這樣的信仰 —— 對這些人來說，這些頑固的問題始終會出現在他們的腦海裡，就像一陣從天國吹過的大風一樣。我們可能會關閉這扇大門，或是熄滅這樣的火焰，或是讓自己沉浸於一些愉悅或是有趣的活動中，也不願意去對深奧的問題進行任何思考。但是，在我們的工作間隙，當我們放下了手頭上的書，或是放下了手上的筆，聆聽到一陣狂風吹過屋簷的時候，聽到煙囪外面呼呼的風聲，那麼我們就不得不聆聽此時心靈發出的聲音。

這就是我們會想到的一些問題：

難道我們的人生只是一場偶然的意外與短暫易逝的存在嗎？難道意識只是某種狀態下的一種症狀嗎？難道強烈的情感與依戀感覺，難道生活的歡喜與悲傷，失去的痛

苦，我們所聽到的聲音，我們所熱愛的事物，那些讓我們內心感動的聲音與思想，那些我們所喜歡去的地方 —— 那間可以讓所有家人都聚集在一起的老屋，晚上田野上偶然發出的燈光，那輪掛在榆樹上方的夕陽 —— 所有這些都是我們腦海裡最為純粹、最為美好與最為深刻的記憶 —— 難道諸如彩虹或是清晨拂曉時候的景象都是不切實際的現象，都是短暫易逝的，就像一位不知疲倦的旅人那樣來去匆匆嗎？

誰能夠告訴我們？

一些人想要從宗教的思想中找尋這些問題的答案。但在我看來，耶穌基督幾乎沒有怎麼說過這方面的答案 —— 雖然他想當然地認為人類會繼續存在於這個世界上，並且還故意不去談論人類繼續存在的一些前提條件。事實上，耶穌基督在迪芙斯與拉撒路（《聖經》中的麻風乞丐）的故事裡，就談到了這樣的一種未來狀態，談到了亞伯拉罕的胸口就存在著一種可以讓疲憊的孩子依靠的精神 —— 除非透過這種精神的聲音與姿態，否則我們很難逾越這樣的鴻溝 —— 但是，任何人都不會說，耶穌基督沒有使用一些寓言故事來進行說明。難道他將這些寓言故事去闡述末世論，才是最終的解決之道嗎？事實上，耶

第三十三章

　　穌基督還描繪了一幅田園生活的景象來表達自己最後的
判斷。

　　　一些懷著虔誠思想的人可能會說，夠了，這足以讓我
們保持對人類自身認同的希望了。嗚呼！我對此只能報以
一聲嘆息，但對我來說，這樣的解釋是不夠的。我看到了
耶穌基督的很多教導都是直接指向生命的，談論了很多發
生在當時的事情。我似乎能夠看到祂在關於未來的問題
上一再轉身，揮手讓祂的追隨者回頭。是否有這樣一種可
能，祂曾用不容置疑與準確的口吻說：「你們擁有自己的
未來。當你們的身體感到疲憊，當你們閉上眼睛，那麼你
們就能感受到自身更加強烈的存在，能夠更好地對自己進
行定義。你們將會擁有更加真實的記憶，還能對自己的生
活擁有更好的看法。── 在這樣的狀態下，你不需要忍
受身體的痛苦或是精神的桎梏。」我必須要說，耶穌基督
是否說過這樣的話是值得懷疑的。我認為，祂肯定會保持
著平和的表情，只是說出一些讓我們捉摸不透的話，透過
一些語意模糊的語言或是充滿陰影的想像去表達出來。難
道祂傳遞出來的和平資訊，還不夠強大，不夠充滿活力以
及不足以改變這個世界嗎？要想對那些聖人的謎語、哲學
家們的夢想以及虔誠信徒的希望有一番解答 ── 就必須

要將消除羞澀之人所感受到的恐懼，消滅絕望之人所背負的重擔，讓悲傷者不再流淚。但是，耶穌基督並沒有做到這點。

既然這樣，我們還能相信什麼呢？我的回答只適用於自己。

我發自內心地相信自己的心靈與靈魂具有著一種生命與精神的不滅性。在我看來，即便是世間萬物都具有這樣的不滅性 —— 我始終認為，人類精神的活動與物理性事物一樣，都是真實存在的。

在我看來，物質有時能夠讓我們進行相對應的類比：當人的身體失去了生命，就會慢慢在地球上分解，最後分解出來的物質隨風飄蕩，可能會落入了安靜流淌的河流裡，最後變成了各種形態的存在。

那麼人的生命與精神是否也是如此呢？當水流流入水池的時候，就會在陽光的照射下發出光彩奪目的顏色 —— 而它們各自的身分存在似乎也是不容置疑的 —— 接著它們會重新融入主流，讓生命與精神重新回歸到更為龐大的生命庫裡。也許，他們要在這裡待上一段時間，需要平和的自我克制與冷靜的心態去控制自己。最後，它們可能會與那些泥土混在在一起，忍受痛苦與罪惡所帶來的

第三十三章

可怕後果？我不知道，但我覺得有可能會這樣。

　　但是，如果我認為存在另一種可能性 —— 這樣的精神河流流到了一個之前沒人想像到的地方，以柔和的方式進行純粹的交融，不僅能與他們所愛的人在一起，而且別人也愛著他們，最後在上帝無限的柔和與優雅中融合在一起 —— 難道這樣的想法不會立即讓我感受到內心的平和，讓生命變成充滿著無限快樂的力量嗎？

第三十四章

　　我該怎樣去描述發生在我身上的事情呢？重重的災難就像刀子一樣將我的人生切割的支離破碎。我問過自己，這樣的後果是前一個後果所帶來的嗎？還是，我應該對目前的現狀感到滿意，或是我不應將自己的雙手伸得太長去採摘那些對我來說長在高處的果實？我感覺到自己的心智與身體都處於非常孱弱的狀態，只能勉強記錄下日常發生

的一些小事。我就像一位遭遇了海難的水手，被海浪沖到了環境惡劣的岸邊，必須要耗費極大的身體能量，做出極大的努力才能勉強從發生海難的船隻上打撈上一些生活必需品，然後小心翼翼地將這些生活用品放在遠離海水的壁架上，卻發現半夜下的一場暴雨將所有的一切重新沖進了大海──就在前一天晚上，整個大海還像一個溫馨美麗的少女那麼溫柔，現在卻像個突然狂怒的黑色怪獸，不斷地咆哮著，用驚天巨浪拍打著海角以及荒涼的沙灘。

　　整個夏天，我都處於平靜的狀態，有著健康的身體。疾病不再帶來任何困擾給我的身心。在接下來的幾週裡，我都根本沒有考慮過疾病的存在。我從簡樸的日常生活中感受到了一種普通的熱情。我也結交了些新的朋友。在距離金端大約半里開外有一間有趣的房子，一位牧師的寡婦與她的女兒在這裡居住，女兒的年齡大約在 24 歲左右。我有時會很不情願地與母親前去那裡拜訪，盡好鄰居的道義。每次我見到她們的時候，我都會立即感覺到認識了兩位富有教養的人。我認為，沃林小姐不僅是一位飽讀詩書的女性，對書籍與藝術作品有著強烈的興趣，而且還非常善於社交，經常會對一些人與事物表達幽默的觀點。沃林小姐就像她母親一樣。但我很快就發現，她母親也是一

位非常友善的人，對很多事情有著自己的獨特看法 ——
如果我可以準確地說，這應該是一種批判性的能力。她總
是能夠看到生活中美好真實的一面，透過膚淺的表面現象
去看待事物，並對文學有著一種本能的欣賞能力，從來不
會被那些天才表現出來的才華所誤導。與她們進行了幾個
星期的交流後，我獲得了非常寶貴的思想財富。我開始意
識到自己之前的人生是多麼的局限並以自我為中心。事實
上，她們並沒有帶給我一種全新的情感與思想，讓我以一
種全新的觀點去看待人生。我將沃林小姐的母親視為一位
明智務實的顧問，因為她總是能夠對細節有著深刻的了
解。我與她討論過自己之前所讀過的一些書。至於沃林小
姐，情況則有些不同。我只能說，她那睿智簡樸的心靈，
能夠讓你以全新的眼光去看待一些人們最為熟悉的思想。
我發現她的很多看法都能幫助我更好地理解一些事情，這
讓我深感謙卑。除此之外，我似乎有幸能與一些沒有強烈
自我意識以及擁有人性最大潛能的人成為朋友。我無法去
猜測或是定義這樣的祕密。我只知道自己慢慢地明白，人
類精神就像一股從紫色山頂上慢慢流淌下來的清泉。

　　但是，至於這樣一種柔和且愉悅的友情是如何慢慢變
成極為忠誠的情感過程的，我卻無法去進行追溯。當我置

身於一種痛苦的孤獨時，我才能對此進行認真的思考。就在幾天前 —— 但這似乎是過了很漫長的一段時間，這期間似乎有一道無法逾越的鴻溝阻隔著。我意識到，一種全新的能量正在進入我的人生 —— 天國的力量會讓一切事物都重新煥發出生命力。我會在一個陽光燦爛的下午前去沃林小姐的家裡。我還是像往常那樣按下了門鈴。但是，陰涼的客廳裡沒有人，百葉窗的窗簾也沒有拉上。我走到草地上，看到沃林小姐正坐在山毛櫸樹下一張椅子上看書。當她看到我之後，馬上站起來，然後面露微笑地向我走過來。這是充滿微妙的精神資訊，在兩個有著共同愛好的人之間不斷地傳遞。這樣的感覺是很難用言語去表達的。那一刻，我知道她也能理解這樣的感覺。我不知道該說些什麼，但我說什麼也變得不那麼重要了。我們坐在一起，說的話不多。大多數時候，我們似乎都在暗地裡進行著一種精神層面上的交流。那天下午，我感覺自己的心爬得很高，彷彿置身於毘斯迦山的山頂，可以一眼看到山腳。我可以看到整片大地似乎都被神性的光芒所覆蓋，遠處是金黃色的光芒與紫色的霧氣。遠處那一片不知名的大海在日落時分似乎是無邊無際的。

第三十五章

1900 年 9 月 19 日

那天晚上，我的內心雖然感到一陣狂喜，但依然露出平和的表情。我感覺自己找到了全新的希望。即便是在那些莊嚴的時刻，我也在想自己破碎的人生與褪色的夢想，是否能夠與一個有著如此美好精神的人連繫在一起。我必須要坦誠地說，我的內心充滿著一種強烈的感恩心理，有著最溫柔的心靈。但是，我也知道自己沒有什麼可以奉獻

第三十五章

了，怎麼能夠去接近一個擁有那麼美麗靈魂的人呢？我從不懷疑自己可以贏得這樣的愛情，這樣的愛意應該可以在我身上得到充分的展現。但是，我也盡最大的努力去思考一點，即我這樣的希望是否只是代表著自己最可恥的自私心理呢。我認真地思考著自己，然後決定應該鼓起勇氣。上帝已經賜給我這樣一份珍貴的禮物，我必須要憑藉自己的人生與心靈去贏得這份禮物。

我昏昏地睡過去了。當我醒來的時候，內心感到一陣狂喜，似乎我根本不相信自己置身於這個世界上。此時已然是夏末的一個溫暖日子，但是神性的光芒已經普照在花園、田野與樹林之間了。我決定在獲得答案之前，暫時不告訴我的母親。

吃完早餐之後，我去花園裡散步 —— 花園裡的花朵似乎都在對著我微笑與點頭，在微風的吹拂下搖來搖去，似乎在向我問好。在一片濃密的樹林裡，我聽到最喜歡的畫眉鳥美妙的歌聲 —— 還有麻雀在長滿常青藤的山牆上吱吱喳喳地叫喊著。

這是什麼？……到底是一種什麼樣撕裂與麻木的奇怪情感突然進入我的心靈世界裡，讓我在那個時候感到困惑，甚至動搖了我對自己的身分認同。我抬起雙眼，卻似

乎根本沒有看到之前的花園、房子與樹木。接著，一陣讓我不寒而慄的恐懼感就像刀子一樣刺痛著我的身體。我似乎能夠聞到鮮血的味道，感受到了錐心的痛楚。我在花園入口處蹣跚地來回走了幾步。我記得自己當時有氣無力地叫喊了幾聲，我似乎聽不到自己所說的聲音 —— 門口處出現了一個人的臉龐，接著我感覺眼前一片漆黑，不知道接下來發生的一切了。

第三十五章

第三十六章

1900 年 9 月 20 日

　　我終於醒了，感覺就像在一片茫茫的深海裡逆流而上，最後終於遠離了軟弱的深淵。我睜開眼睛 —— 發現自己躺在樓下的房間裡一張臨時鋪設的床上。一開始，我因為身體太虛弱了，沒法開口詢問我到底發生了什麼事情。母親坐在我旁邊，她的臉上露出了我從未見過的表情，但我當時也不顧了那麼多。我感覺自己似乎經過了一

第三十六章

個淺灘，看到了另一個世界裡的生命，然後狠狠地關上了這扇大門，接著從一個昏暗的窗戶邊向外面望去。我當時既沒有感到擔憂，也沒有任何希望，更沒感覺到什麼。我只希望能夠這樣一動不動地躺著 —— 不需要說一句話，不需要被別人注意到，只是這樣靜靜地躺著。

　　漸漸的，我恢復了一些活力，擁有了一些生命的氣色，就像海邊慢慢滾過來的海浪，將剛剛甦醒的我一下子喚醒了 —— 這就是我當時的第一個想法。我距離那一段黑暗的旅程是那麼的近 —— 這對所有具有生命力的事物來說都是非常恐怖的 —— 為什麼上帝就不允許我一次性地跨過這道門檻呢？為什麼我又要重新去擁抱希望，重新去忍受痛苦與恐懼呢？隨著我的身體活力慢慢地增強，我開始為過去所有美好且平和的歲月感到無限遺憾。我對自己說，我對人生幾乎沒有什麼所求，也沒有被生活拒絕過什麼。之後，隨著我的健康慢慢恢復，我感覺很多美麗的寶藏都是可以去爭取的，我的精神都在奮力地對抗那些不公平的末日世界。但是，我很快又陷入了一種朦朧的思想中。即便是現在，我仍然無法從中擺脫出來 —— 我感覺心靈麻木，對所有的事情都漠不關心，只能默默忍受著身心的痛苦。

第三十七章

1900 年 9 月 21 日

　　每個小時，我都在緩慢謹慎地爬出黑暗的世界，就像一個人慢慢攀登讓人暈眩的懸崖，始終不敢回頭看 —— 朝著生命的希望前進！倘若我不這樣做的話，肯定是無法做到的。

　　對很多人來說，我竟然還有心情寫下這樣的文字，這實在是太奇怪了。事實上，即便是我也覺得這樣做是非常

第三十七章

奇怪的。如果我在這些黃昏的時刻，意識到人生的盡頭正在慢慢地靠近，我肯定會以身心麻木的狀態躺著一動不動的，對世間的任何事情都採取一種麻木不仁的態度。我似乎有著一個將死之人表現出來的冷漠，但我的心智似乎依然是那麼的清澈透明，過去那種習慣性的分析、描述自己所看到或是所理解的念頭，依然是那麼的強烈。我想讓別人給我拿來紙與筆，他們表示反對，但最後還是同意了。於是，我就在紙上寫下了些文字，這讓我暫時從身體的痛苦中得到了些解脫。寫作讓我陷入了安靜的沉思狀態。我在絲毫沒有感受到痛苦的情況下度過了幾個小時。光線漸漸改變了，清晨的涼爽漸漸變成了中午的炎熱，之後又變成了夕陽的餘暉，直到黑暗再次降臨在這個世界上。星星開始在天空上眨著眼睛，似乎在梳理著自己的頭髮，給人純潔無暇的思想與神祕感覺……接著，就是白天與夜晚的不斷重複。

　　我會感到悲傷嗎？我會抱怨自己的人生嗎？我會感到恐懼嗎？我可以發自內心地說，我都沒有。我似乎根本感覺不到這樣的情緒。我內心唯一剩下的情感，就是童年時期對母親與保母的那份純真信任感。我似乎根本不需要跟她們說這些話。她們中的一個人總是坐在我身旁。我能夠

感覺到母親的雙眼正在看著我，直到我抬起頭，臉上露出微笑。雖然我們都沒有說話，但是我們的心靈似乎在進行著一場無聲的交流，不斷給彼此傳遞出愛意。當我失去了人生最重要的身體基礎之後，我似乎在這個世界上什麼也沒有了，但是我與母親這樣的聯合感 —— 這種無法分割且最為本質的紐帶，卻是任何疾病與痛苦都無法分割的。我知道，母親肯定也會有這樣的感覺。雖然她從來沒有說過這樣的想法，但是她也能夠從悲傷的情感中感受到一種奇怪的興奮，這樣的興奮就好比一個人剛出生時候那種歡樂。而我，正是那個帶給母親這種歡樂的人。

　　從某種意義上來說，我與那位心愛保母之間的感情也是如此。雖然這樣的感情沒有那種深沉且無法切割的血濃於水的紐帶，但這也代表著最完美的愛意。我有時不禁會對此進行一番思考，一個受僱於我們的人 —— 本身就是這種關係的一個奇怪基礎 —— 她做著一些簡單的工作，最後變成了我們所愛的人。我認為，蘇珊的每個想法或是念頭，肯定都是以我的母親與我的健康為核心的。我們之間的紐帶是永遠都不可以切割的。即便我們日後天各一方，我們的精神都能在通往天國孤獨的路上同行。

　　我還注意到，從我生病到現在，她就經常會說一些我

第三十七章

已經好多年都沒有聽過的話了。她說我有一次變成了「亨利大師」，說我在吃藥方面「很勇敢」。某天，當我聽到她這樣說的時候，我的內心突然湧上了一股強烈的哀婉情感。我知道，雖然生病的是我，但我卻讓兩個最深愛自己的女人一起遭受痛苦。如果我能夠向她們說明自己不願意看到她們的悲傷，寧願獨自忍受所有的痛苦，那該多好啊！

第三十八章

1900 年 9 月 22 日

　　今天，我的心智處於更加冷靜的狀態，在沉思中度過了很長的時間。我一直在安靜地思考著過去那些年發生的事情。有時，當我閉著眼睛躺在床上，過去的生活彷彿近在咫尺，似乎所有的男人與女人都變成了孩子，其中一些人已經不在世或是遠走了，但他們似乎都坐在我的身旁，安靜地跟我說話。我早年所見到的一些場景與事物，此時

第三十八章

也突然湧進腦海。我感覺自己的意志已經放棄了一切抵抗，心智就像一個被驅趕出了他長時間宅在房子的人，在大街上古老的商店裡到處轉悠，發現一些過去的遺跡都放在碗櫃或是雜物堆放室裡。但我卻不帶任何悲傷情感地看著它們，只是懷著甜美而溫馨的感覺回顧著過去美好的一切。

我從未懷疑過自己即將要死去的事實。今天，我突然明白一點，即便當這樣的離別時刻最終到來的時候，我也不會有太在乎。對我來說，死亡就像人生最後的一個終點，就像在一個深坑裡打一個哈欠。正如在一些寓言故事裡，我似乎看到一個背影模糊的人離開一個充滿著陽光與生命力的山谷，爬上了充滿霧氣與看不見形狀的山丘。我經常會想，死亡是否真的是人生的盡頭，是否真的代表著一種毀滅 —— 現在，我認為這是不可能的。我的人生與思想似乎充滿著一種強大的力量，不受我脆弱的身體所影響。即便死亡意味著一種終結，這樣的念頭也絲毫不會影響到我。我將會回歸到天父的身邊，回歸到天父所營造的世界裡。

第三十九章

1900 年 9 月 24 日

　　我與她進行過一番交談。我不記得我們到底說了些什麼 —— 但她似乎什麼都能理解。有她在身旁，感覺內心是如此的平和。我想要跟她說不要感到難過，因為我最不願意看到的，就是別人為此感到難過。我就像一艘在安靜大海上漂浮的小船，隨波逐流 —— 我們每個人最後都必然要在這樣的大海上隨波逐流的。我必須要對自己還曾擁

第三十九章

　有過一段美好快樂的人生而感到高興。所有的陰影似乎都離我遠去了。我知道一切的幸福快樂都源於上帝，所有的內心陰影都是我一手造成的。最奇怪的思想是，最黑暗的陰影想法必然很快就會消逝。在我看來，這是再正常不過的想法了──事實上，這也是唯一真實的事情。

　　不管怎樣，我還是要為自己所獲的無限愛意而心存感激──雖然我也曾錯過了不少的愛意。直到現在，我都不願意去感受這樣的愛意，但那一份愛意還在那裡，這便足夠了。我覺得，只要她還在我身旁，愛意與死亡就像一對美麗的姐妹那樣如影隨形。但是，就在昨天，我低聲嘟囔著想要獲得這樣愛意，卻發現這樣的愛意突然消失了。今天，我能夠看到愛意是我這可憐一生最值得驕傲的東西。我必須要發自內心地感謝上帝賜給我這份最為美好的禮物。

　　我必須要感謝她屈尊俯就地前來給予我愛意。即便當我過去想過要這樣做，這樣的想法似乎都變得支離破碎，讓我無法用語言表達出來，就像一隻蛾從繭裡掙脫出來。在這個世界被創造出來之前，難道我們不是彼此相依的嗎？關於我與她的念頭從我的腦海裡突然消失，我感覺我們都擁有著相同的精神，有著相同的思想，都需要同一種

力量的支撐。我還要再說一句，希望她能相信我是用最美好的語言去說的。她必須要活下去，將給予我的愛意賜給其他人。她內心所感受到的悲傷肯定是堆積如山的，但這不是一種摧毀人心的悲傷。不管她看上去多麼的孤獨，我始終都會在她身旁，就像一個人在沒有關門的情況下下跪……最後，我們終於道別了。

此時此刻，我躺在房間的床上 —— 現在已經是晚上了。透過敞開的窗戶，我可以看到外面黑漆漆的樹根，看到鴿子窩與穀倉那邊的黑色陰影，看到遠處柔和的山脊，看到我在清晨拂曉時看到的美麗景象。在我看來，之前所看到的這一切景象似乎都是一扇通向一個未知國度的大門。一直在我內心盤桓的這些念頭會這樣消失嗎？我過著卑微的生活 —— 當我的身體靜止不動的時候，我的心靈似乎飛到了陽光下的每一個國家與部落。我會用自己的最後一口氣告訴他們，人生的終點是沒有痛苦的 —— 沒有必要懷著沉重的心情為此感到擔憂。天父的手臂是那麼的堅強有力，他的心胸是那麼的廣闊無垠。

電子書購買

國家圖書館出版品預行編目資料

沉寂居所，亞瑟‧本森半自傳日記：平衡生活的「光」與「影」，以柔和為煩惱尋找出口 / [英] 亞瑟‧本森（Arthur Benson）著 胡彧 譯. -- 第一版 . -- 臺北市：崧燁文化事業有限公司，2023.08

面；　公分

POD 版

譯自：The house of quiet : an autobiography

ISBN 978-626-357-459-5(平裝)

873.6　　112009223

沉寂居所，亞瑟‧本森半自傳日記：平衡生活的「光」與「影」，以柔和為煩惱尋找出口

臉書

作　　　者：[英] 亞瑟‧本森（Arthur Benson）

翻　　　譯：胡彧

發 行 人：黃振庭

出 版 者：崧燁文化事業有限公司

發 行 者：崧燁文化事業有限公司

E - m a i l：sonbookservice@gmail.com

粉 絲 頁：https://www.facebook.com/sonbookss/

網　　　址：https://sonbook.net/

地　　　址：台北市中正區重慶南路一段六十一號八樓 815 室

Rm. 815, 8F., No.61, Sec. 1, Chongqing S. Rd., Zhongzheng Dist., Taipei City 100, Taiwan

電　　　話：(02)2370-3310　　傳　　　真：(02) 2388-1990

印　　　刷：京峯數位服務有限公司

律師顧問：廣華律師事務所 張珮琦律師

-版權聲明

本書版權為出版策劃人：孔寧所有授權崧博出版事業有限公司獨家發行電子書及繁體書繁體字版。若有其他相關權利及授權需求請與本公司聯繫。

未經書面許可，不可複製、發行。

定　　　價：399 元

發行日期：2023 年 08 月第一版

◎本書以 POD 印製

Design Assets from Freepik.com